中国文化精品译丛

陈国坚 选译

西译唐诗选

（汉西对照）

上海外语教育出版社
外教社 SHANGHAI FOREIGN LANGUAGE EDUCATION PRESS
www.sflep.com

西译唐诗选

Antología poética de la dinastía Tang

前　言

　　十多年前，我曾偶尔想到我的译诗能否在国内出版，但长期以来"西班牙语小语种"的冰冷现实立刻使我打消了这个念头。最近，上海外语教育出版社率先打开了出版中国诗词西译的大门，王怀祖教授翻译的宋代诗词三百首能与国内读者见面，使我感到振奋。现在，我终于实现译作在国内出版的愿望，我十分感谢他们的支持和他们的认真工作与协助，钦佩他们创新的勇气。

　　诗歌的出版在中国和全世界都是很少甚至没有经济效益的事，诗歌的翻译更是吃力不讨好，将中国诗词翻译成外文，一直都有国人和外人认为是外国人才好做的事，国外一些汉学家也在宣扬这样的观点。"文革"期间，一些社论和中央文件的西译文引用的古诗，使我对诗词西译发生了兴趣。1980年我在墨西哥研究院进修，亚非研究所副主任欣特拉（José Thiago Cintra）告诉我，中国诗歌译成西班牙语的极少，而且已经译出的，几乎全都是从其他语言转译，并表示希望我翻译一些给他们。就这样我开始了三十多年的中诗西译工作。1981年初我首次在该研究院刊物发表了十八首李白诗，随后是十八首杜甫诗。1982年墨西哥研究院出版了我的第一本译诗*Copa en mano, pregunto a la luna*（《把酒问月，李白诗集》）。

　　三十六年来，我翻译出版了十三本中诗译本，所译诗词一千多首。坚持做这样一件吃力不讨好的事是很难的，能这样做，我要感谢支持和鼓励我的所有人。首先要感谢我的老师张雄武先生，我最初的西班牙语知识是从他那里学到的，我出版的第一部译诗也得到他的热情鼓励。也感谢墨西哥研究院的著名学者卡洛斯·马希思（Carlos Magis），他和我一起修改了我译的十多首李白诗，从他那里我学到了最初的译诗知识。我经历的坎坷和倒霉事很多，但在译诗方面我倒是很幸运的，用句俗话说，有贵人相助。1988年我在西班牙出版了唐诗集 *Poemas de Tang, edad de oro de la poesía china*（《唐诗》）。当时我恰巧利用西班牙外交部给予的科研奖学金在西班牙调研。11月15日，有朋友把我的书送到著名诗人拉斐尔·阿尔贝蒂（Rafael Alberti）家，三个多小时后我接到他的电话，约我晚上见面。当晚我见到他，在场的还有他的夫人和诗人何塞·耶罗（José Hierro）等。阿尔贝蒂对我说，他很喜欢中国诗歌，很喜欢我的书，流亡在阿根廷时译过一些唐诗，但没有我译得好。我深知这是鼓励我的客气话，但通过诗人的考试，我很受鼓舞，感到我的工作可以继续做下去。诺贝尔文学奖获得者作家塞拉（Camilo José Cela）给我这部书写下"诗美而奇特"的评语，当时的皇家学院院长阿尔瓦尔（Manuel Alvar）撰写评论文章说："成功在于这是一本诗味十足的选集"[1]。皇家学院院士、著名文学翻译家耶夫拉（Valentín García Yebra）读了我的译诗后，兴奋地写了一首一百多行的诗——《致李白》送给我，说感谢我让他认识了李白。所有这些都打消了我原先对译文是否能被西语读者接受和理解的疑虑，也使我感到我得到的报酬，远胜过那些稿费。

国内的朋友也给了我帮助和支持。上海外国语大学孙义桢教授给我热情的支持和鼓励。我过去的学生、广外西语毕业生马汉忠，克服重重困难，分别给我提供了

---

1. 1989年5月21日 ABC 报文艺副刊。

研究中诗西译非常珍贵的、上世纪二三十年代在哥伦比亚等地出版的中诗译本的复印件。给我帮助的人很多，不能在这里——列出，但我是铭记在心的。

这部唐代诗歌选收入诗词二百首，除个别李白和白居易的词外，都是诗。我遵循的翻译准则首先是忠实转达原作的意境，尤其是作者的感情，以及原作的音韵和结构美。原文是诗，译文也必须是诗，同时力求简洁，因为这是中诗的重要特点。所有这些，尤其是美，比紧贴原文文字、追求词义的准确翻译更为重要。这是诗歌翻译与政治、经济文章的翻译的根本区别。

译诗虽然是苦差事，但外国读者会因为你的工作而认识和喜欢中国文学、中国文化，这就是最好的报酬，最高的奖赏。目前国内从事中国诗歌翻译的人，除英语外，都少得可怜。上海外语教育出版社出版的中国文化精品译丛，包括许多小语种的译文，定会促进对这种翻译工作的重视，激励各个语种的翻译和教师投入。但愿我的这本书，也能起到一点抛砖引玉的作用。使用西班牙语的人口现有五亿多，已经译成西语的中国诗词还很少，译得好的就更少。中国文化要走出去，从事外语工作的炎黄子孙责无旁贷。让我们共同努力，译出无愧于我们民族的诗篇，使我们几千年的灿烂文化，在地球各个角落开出美艳的鲜花！

INTRODUCCIÓN

A finales del siglo XIX, cuando en el mundo hispánico existía un desconocimiento total de la poesía china, Rubén Darío, gran poeta modernista nicaragüense escribió, en 1894, en su poema *Divagación*:

¿Los amores exóticos acaso...?

Como rosa de Oriente me fascinas:

me deleitan la seda, el oro, el raso.

Gautier adoraba a las princesas chinas.

...

Ámame en chino, en el sonoro chino

de Li Tai-pe. Yo igualaré a los sabios

poetas que interpretan el destino;

madrigalizaré junto a tus labios.

Estos versos emotivos, este entusiasmo y clamoroso amor por la poesía china despertó el interés de los lectores hispanohablantes y su pasión contagió a sus amigos, y entre ellos, Guillermo Valencia (1873-1943), poeta colombiano, pionero del modernismo en su país, quien se encargó de la importante tarea de llevar la poesía china al mundo hispánico al preparar en 1928 y publicar en 1929 *Catay – Poemas Orientales*, primer libro de poesía china vertida al castellano, camino seguido por más y más traductores.

China es un país de poesía en que este género literario es el más antiguo del mundo: data del siglo XVIII a. C. y el siglo XVII a. C., de la dinastía Xia, según parte de los investigadores, es decir, casi diez siglos antes de Homero. Para la mayoría de los expertos la fecha indiscutible de su existencia es el siglo XI a. C., ya que apareció el primer libro o la primera documentación de poesía china *Shi Jing* (*Libro de poemas modelo*, o *Libro de los cantos*), que recoge trescientos cinco poemas basados en las coplas populares. Desde entonces han surgido numerosos poetas que han compuesto incontables poemas. Sobre todo, en la dinastía Tang (618-907), edad de oro en que la poesía alcanzó su apogeo y cumbre, y también en la dinastía Song (960-1279), su prolongación. La sola *Recopilación completa de la poesía de la dinastía Tang* recoge 49.403 poemas de 2.873 poetas, cifras recién verificadas frente a las de 48.900 y 2.200 anteriores. Con los títulos publicados en *Suplemento de la Recopilación completa de la poesía de la dinastía Tang* editado en 1992 en Shanghai como resultado de una larga investigación para completar el mencionado libro, suman en total 55.730 poemas de unos 3.800 poetas como todo lo producido de la poesía de Tang que ha llegado a nuestros días, mientras que la mayor parte de la creación, muy a nuestro pesar, se había perdido en el largo devenir de la historia.

A esta enorme cantidad la acompaña la alta calidad literaria, y los versos chinos traducidos a otras lenguas han mostrado al mundo sus encantos y su fuerza hechicera. Aparte de Rubén Darío, numerosos grandes maestros de la poesía occidental, como Goethe, Octavio Paz, Rafael Alberti, Ezra Pound, expresaron su admiración, amor e incluso pasión por esta poesía oriental, tomaron sus plumas y vertieron personalmente poemas chinos a sus respectivos idiomas.

Como hemos indicado, en su larga trayectoria, la poesía china alcanzó su máximo esplendor en la dinastía Tang. Y no fue nada casual: Con el establecimiento del imperio Tang se reunificó el país, y desde entonces hasta la rebelión de An y Shi en la mitad del siglo VIII, durante más de cien años, el país gozó de un prolongado período de paz y estabilidad política. Los primeros monarcas de Tang, aprendiendo de las amargas lecciones del derrumbamiento de la dinastía anterior, la de Sui, adoptaron una serie de medidas y reformas para aliviar la difícil y penosa situación de los campesinos y fomentar la producción agrícola. Se construyó gran cantidad de obras hidráulicas, se creó y mejoró el sistema de comunicación y transporte, se ampliaron e incrementaron los intercambios comerciales con el extranjero, todo lo cual dio lugar a una pujanza económica sin precedentes, que, a su vez, trajo consigo la prosperidad cultural. Además, los gobernantes de Tang mantenían una actitud relativamente tolerante con las diversas religiones e ideologías, tanto el budismo, taoísmo, confucianismo, como el islamismo y el nestorianismo, y fomentaban su coexistencia. Incluso después de la mencionada rebelión, gracias a la explotación de las zonas atrasadas del sur y a los transportes ininterrumpidos, la economía continuó en ascenso. Bajo la dinastía Tang los dominios del país se extendieron más allá de los Montes Pamirs; Cachemira y Gandhara eran estados vasallos. Los contactos económicos y culturales del país con el extranjero se acrecentaron en un grado nunca visto. Los pensamientos y las culturas de todo el mundo civilizado se encontraban en su elemento en Xi'an, capital del Imperio, que albergaba a más de un millón de habitantes y fue la ciudad mayor de la época, una verdadera ciudad cosmopolita. El pueblo gozaba de cierta libertad ideológica. Se fundó la Academia de Letras y se implantó el régimen de los exámenes imperiales, bajo el cual la poesía se convirtió en el requisito principal para optar al título de *jinshi* (doctorado), y los cargos estatales importantes solo se conferían a los que poseían dicho título. Este sistema de selección de funcionarios y oficiales administrativos permaneció intacto durante todo el Tang, pese a los cambios políticos y a la oposición de la aristocracia, ya que los monarcas lo consideraban un medio eficaz para reunir gente culta y sabia en torno suyo y garantizar la eficacia de su gobierno, por lo que presidían personalmente estos exámenes en muchas ocasiones.

De este modo, los poetas se esforzaban por perfeccionar su técnica, todo el país se afanaba por estudiar la poética, y todo el pueblo se aficionó a la poesía, que había dejado de ser producto de una reducida élite, al contrario, podemos encontrar numerosos poetas procedentes de clases medias, clases trabajadoras, humildes e incluso marginadas, como barqueros, carpinteros, leñadores, sirvientes, artesanos como es el caso de Hu Lingneng (siglo VIII), cuyo oficio era reparar ollas y sartenes, y también prostitutas, cosa inimaginable en otros países. Es impresionante la difusión de la poesía y su penetración en la vida social, política, cultural e incluso cotidiana: se dedicaban versos a los amigos que cumplían años, que se casaban, que se marchaban a otros lugares, a los oficiales y soldados que iban a la guerra, a los colegas que sufrían algún descenso, desgracia o destierro, y se presentaba un poema al solicitar un empleo. Los versos se convirtieron en algo estrechamente ligado con la vida diaria, en un medio de comunicación tan usual como los correos electrónicos y los SMS de hoy día. Yuan Zhen (779-831), famoso escritor y poeta, describió así lo que ocurría con los poemas de Bai Juyi (772-846): "Durante estos veinte años, los versos de Bai aparecen inscritos en las paredes de las escuelas, de los templos, de las oficinas de correos, etc., y están en boca de reyes, príncipes, damas, concubinas, labradores, mozos de caballerizos. En todas partes se ve gente que vende copias de sus poemas en los mercados o las trueca por vino en las tabernas".

Este esplendor de la poesía se debe, sobre todo, a los grandes maestros del plectro chino de la época como Li Bai (Li Po, Li Bo, Li Tai-po) (701-762), Du Fu (Tu Fu) (712-770), frecuentemente llamados juntos como "Li y Du", Wang Wei (701-761), y Bai Juyi (Po Chuyi) (772-846), que son los cuatro poetas más importantes de toda la historia china, acompañados de numerosos célebres vates como Meng Haoran (Men Haoyan) (689-740), que forma junto con Wang Wei la corriente bucólica Wang-Meng; Li Shangyin (813-858), Du Mu (803-852), los dos llamados "Pequeños Li y Du", Wang Bo (650-676), Zhang Jiuling (678-740), Wang Changling (690-757), Liu Changqing (Liu Changching) (¿725? - 786), Wei Yingwu (737-792), Han Yu (768-824), Liu Zongyuan (773-819), Wen Tingyun (812-866), etc., etc. Se puede afirmar sin ninguna exageración que en Tang se reunían la mayoría de los mejores poetas chinos de todos los tiempos, de estilo, temática, técnica y preferencia diferentes. Algunos de ellos se dedican principalmente a temas de la vida y el trabajo rural, otros, a la exaltación de la naturaleza, o a la vida en zona fronteriza, otros, a temas sociales, o a temas de amor, y todos sus versos juntos componen un gran cuadro panorámico de la China de Tang. Li Bai es considerado por los estudiosos chinos como representante del «romanticismo», y Du Fu, representante del «realismo», si bien estos términos no coinciden con los modernos conceptos que se aplican en Europa y América. Muchos filólogos ven en la poesía de Du Fu "historia en versos" de la época. En Li Bai se advierte más la influencia del taoísmo, mientras que en Du Fu es más notoria la influencia del confucianismo. A Wang Wei muchos expertos le llaman "El Buda de Poesía", y es un budista devoto de la corriente zen (*chan* en chino). En cuanto a Bai Juyi, aunque se le considera como heredero de la escuela de Du Fu, tiene también rasgos comunes con Li Bai, sobre todo, en su poema narrativo «Balada de la infinita tristeza», una obra más «romántica» que el resto de su lírica. Toda esta clasificación es solo relativa, ya que en un solo poeta se encuentran a veces también influencias de diversas religiones e ideologías.

En cuanto al proceso de la evolución de la poesía de Tang, la opinión mayoritaria de la crítica china lo divide en cuatro etapas, a saber: la inicial, de 618 a 713, representada por Wang Bo y Chen Zi'ang (661-702); la segunda, la de la cumbre o el apogeo, de 713 a 766, representada por Li Bai, Du Fu, Wang Wei, Meng Haoran, Gao Shi (¿702?-765) y Cen Shen (715-770); la tercera o la de Tang Central, de 766 a 835, representada por Bai Juyi, Wei Yingwu, Han Yu y Liu Zongyuan; y la final, de 836 a 907, representada por Li Shangyin, Du Mu y Wen Tingyun. Hay también estudiosos que dividen la poesía de Tang en solo dos etapas: la de Tang pujante y la de Tang decadente, con la rebelión de An y Shi como línea divisoria, pero es solo una opinión minoritaria.

Dentro de la poesía de Tang prevalece la lírica, aunque hay también poemas narrativos, históricos, sociales, filosóficos, recreativos o de ocio, pero falta la épica. No hubo exaltación ni elogio de las armas, y al hablar de la guerra, casi siempre se la asocia con las desgracias y las calamidades que conlleva. Su temática es variada: se destaca la exaltación de la naturaleza, la vida en el campo y la descripción del paisaje. Los literatos de Tang tenían la costumbre de viajar en su juventud como bohemios por diversos lugares antes de asumir cargos públicos, y son maestros de la descripción del paisaje, siempre en función de determinado estado anímico del autor o de alguna idea que se quiere expresar. Veamos estos versos de Wang Wei:

Desierto el monte.

No se ve gente, pero se oyen voces.

Lo hondo del bosque. Unos rayos ponientes.

De nuevo se ilumina el musgo verde.

— *El eremítico jardín del Ciervo*

Y los siguientes versos de Meng Haoran nos recuerdan lo que a cualquiera le puede ocurrir en una madrugada primaveral:

Sueño primaveral. No advierto el amanecer

hasta que suenan trinos por doquier.

Anoche oí un chubasco con su ruido.

Dime: ¿cuántas flores habrán caído?

Otro tema favorito de los poetas es la nostalgia, nostalgia de los viajeros por su tierra natal, por su hogar, añoranza de los amigos separados, de las esposas por sus maridos ausentes, del emperador por su favorita muerta, de los pétalos caídos en la primavera, etc. Uno de los poemas más leídos que describen la nostalgia de la tierra natal es el siguiente poema de Li Bai:

Plateada luz ante mi lecho.

¿Será la escarcha sobre el suelo?

Veo una espléndida luna al alzar la cabeza.

Al bajarla, me hundo en la añoranza de mi tierra.

El amor, ese tema eterno de la literatura, no falta en los versos de Tang, aunque se manifiesta de manera diferente a la de la poesía occidental, y muchas veces en forma moderada y sugestiva, lo que invita al lector a pensar y aumenta su poder cautivador. Veamos un poema de Li Bai:

La bella enrolla su cortina perlada.

Sentada en la sombra, fruncidas las cejas.

En sus mejillas se ven huellas de lágrimas.

Mas ¿a quién le deberá tanta tristeza?

Hay, por supuesto, versos de tonos muy distintos:

¡Oh mi cariño, mi amor!

Pienso en ti, desesperado,

a la luz de un moribundo candil.

Corro la cortina, contemplo la luna

y lamento largo tiempo:

Eres tan bella como una flor,

pero las nubes nos separan.

Es también motivo y tema frecuente la amistad, tanto, que incluso algunos occidentales tienen la impresión de que los poetas chinos dan mayor importancia a la amistad que al amor. Y como en aquellas épocas los viajes son frecuentes y difíciles por ser las comunicaciones mucho más atrasadas que las de hoy, verá el lector que hay numerosos poemas dedicados a las despedidas entre los amigos, y este poema de Wang Bo es uno de los más famosos:

Desde los muros de la capital,

rodeada por los tres pueblos de Qin,

miro hacia Sichuan adonde te envían,

y solo veo brumas y neblinas.

Los dos que tenemos cargos en tierra extraña,

compartimos la tristeza de las despedidas.

Como amigos entrañables,

nos sentimos uno al lado del otro,

aun en distintos extremos del cielo.

No hay por qué portarnos como chiquillos,

que mojan con lágrimas sus pañuelos

al despedirse en la bifurcación del camino.

No falta, en la temática de Tang, la denuncia de las injusticias sociales. Los siguientes versos de Du Fu son muy citados y recitados para describir la diferencia abismal entre los ricos y los pobres:

Tras las puertas púrpura de los ricos,

se pudren las sobras de exquisitos manjares,

mientras a ambos lados del camino,

yacen los muertos de hambre y frío.

Veamos un famoso poema de Du Fu que denuncia la crueldad de la guerra y los sufrimientos que causan a la gente, sobre todo, a los más desfavorecidos y desamparados:

> Me han destrozado la patria.
>
> Solo quedan sus ríos y montañas.
>
> La ciudad en primavera:
>
> mar de arbustos y malezas.
>
> Tristeza por esta época:
>
> Las flores que se abren me arrancan lágrimas.
>
> Angustia por las ausencias:
>
> El canto de los pájaros me estremece el alma.
>
> Durante tres meses han ardido las llamas de guerra.
>
> Mil monedas de oro vale una carta de la familia.
>
> Al rascarme el pelo blanco lo hallo ralo.
>
> ¿Podrá sostener todavía la horquilla[1]?
>
> — *Contemplación primaveral*

La solidaridad de los poetas con los humildes y su pensamiento humanitario están muy presentes en poemas como *Elegía de mi choza destrozada por el viento otoñal* del mismo autor:

> Ojalá se levantaran miles de mansiones
>
> que den albergue y alegría
>
> a todos los pobres del mundo,
>
> librándoles de vientos y lluvias.
>
> Si viera alzarse estos edificios ante mí,
>
> aunque se derrumbara mi choza y me congelara,
>
> moriría contento y feliz.

El vino es un tema eterno en toda la poesía china y, desde luego, no deja de aparecer en los poemas de Tang. Li Bai, el célebre bebedor empedernido de la época, levanta su copa e invita a la luna a beber con él:

> Con mi sombra somos tres.
>
> Aunque la luna no puede beber,

---

1. En esa época, los hombres usaban la cabellera larga y la sujetaban con una horquilla.

y en vano sigue a mi cuerpo la sombra,

son gratas compañeras transitorias.

¡Disfrutemos antes que pase la primavera!

Y alaba así a su gran amigo Meng Haoran:

Ya con los cabellos níveos,

reposas entre nubes y pinos.

Bebes hasta embriagarte con la luna.

Cautivo de las flores,

no sirves al monarca.

El lector notará que, indiferentemente del tema de que se trate, pocas veces falta la descripción del paisaje, y esta es, precisamente, una de las características más importantes de la poesía de Tang y de la poesía china en general. Para muchos poetas, el hombre está integrado con la naturaleza, y en ella deposita sus sentimientos y emociones. El lector también se dará cuenta de que muchos poemas son breves, y es esta otra de las peculiaridades de la poesía china: las ideas se condensan en escasas palabras, ahorrando todo lo superfluo, lo que no sea imprescindible, como si la tinta fuera tan cara como de oro, y habría que ahorrarla en la medida posible, por lo que no es extraño que en esta edición bilingüe, una línea de solo cinco caracteres chino del texto original sea traducida con mucho más palabras en español a causa de esa concisión y condensación, y también, por supuesto, debido a la diferencia de los dos idiomas.

Conviene señalar otra característica importante de la poesía de Tang: su estrecha vinculación con la música. Como hemos indicado, *Shi Jing* (*Libro de poemas modelo*), la primera antología de la poesía china, está basada en las coplas populares. En la dinastía Tang y a partir de ella, la poesía china se divide en dos géneros: *shi* (poemas propiamente dichos) y *ci* (poemas para ser cantados), que se lee "tz'u" según el sistema de romanización Wade-Giles. El primero se remonta a tiempos inmemoriales, combinado al comienzo con la música y divorciado después de ella, y es el que más se cultiva; el último, de creación en la dinastía Sui, anterior a Tang, alcanza su pleno desarrollo en la dinastía Song, y es una nueva modalidad de la poesía china. *Ci* significa en chino "texto de la canción", y lo constituyen poemas cantados o para cantar. Su diferencia esencial con *shi*, la poesía propiamente dicha, consiste en que se componen de acuerdo con la música de las canciones o las melodías que están de moda entre las cantantes, para luego ser cantados. Algunos poetas crean la música primero y la letra después, pero son los menos. El lector podrá encontrar a veces títulos como "Según la melodía …" para referirse a poemas *ci*, que son, casi siempre, líricos, mientras que los *shi* también pueden ser narrativos o sociales. En cuanto al lenguaje, el de *ci* es más cercano al lenguaje hablado, aunque puede ser culto en algunos casos.

En cuanto a *shi*, esta modalidad experimentó grandes cambios en Tang con la aparición de *jinti shi* (poemas al estilo moderno), que es una manera de versificación nueva y técnicamente más madura, a diferencia de *guti shi* (poemas al estilo antiguo), que son pentasílabos y heptasílabos principalmente, cuyo número de versos es libre. *Jinti shi* (poemas al estilo moderno) son pentasílabos y heptasílabos solamente, de cuatro u ocho versos, y se denominan como *jueju* (*wuyan jueju* y *qiyan jueju*) y *lüshi* (*wuyan lüshi* y *qiyan lüshi*) respectivamente. En las octavas, el tercer verso va en pareja del cuarto, y el quinto con el sexto, tanto en sonido como en sentido. En los cuartetos, los versos tercero y cuarto, de sonido en contrapunto, no lo son necesariamente en cuanto al sentido. Como la lengua china distingue tonos y no acentos, el ritmo de intensidad se clasifica de acuerdo con el esquema tonal, que es bastante estricto, y la rima también debe seguir determinadas reglas.

En la traducción de los poemas de esta antología, y también de las otras colecciones, he seguido principalmente los siguientes criterios: Primero, trasmitir con fidelidad el contenido del original en su conjunto, sobre todo, los sentimientos y emociones del autor, ya que son, para mí, lo que difiere de la poesía de los otros géneros literarios. Segundo, buscar la belleza de la expresión y la belleza o armonía en lo fónico, uno de los rasgos distintivos de la poesía china. En fin, procuro que sea poesía y que sea bella, lo que es mucho más importante que la transmisión del significado preciso de los términos y expresiones. Nuestra antología recoge 200 poemas de la dinastía Tang y está dirigida a los lectores aficionados a la poesía en general en el mundo hispánico y a los universitarios de español en China, aunque no deje de ser, tal vez, interesante para los sinólogos hispanohablantes. En su elaboración, me he basado en:

Recopilación completa de la poesía de la dinastía Tang.

Diccionario de la poesía de Tang, Grupo de preparación de 136 expertos, Editorial de Diccionarios de Shanghai, 1983.

Diccionario analítico y comentado de la poesía shi y ci de Tang y Song, dirigido por Wu Xionghe, Editorial Popular de Zhejiang, 1990.

Cabe indicar que 78 poemas de esta antología han sido publicados en mi libro *Poesía China (Siglo XI a. C. – Siglo XX)*, editada en 2013 por Ediciones Cátedra, Madrid, y 14 en *Poesía china elemental,* editada en 2008 por Miraguano. Su aparición en el presente libro cuenta con la autorización de las dos editoriales y se debe a su gentileza que agradezco sinceramente[1].

No quiero terminar sin agradecer también a la Srta. Xu Yifei, la editora, y a los otros señores de la editorial Shanghai Foreign Language Education Press (SFLEP) por haberme ofrecido esta oportunidad de dar a conocer mi trabajo en un ámbito tan interesante y su amable y eficiente colaboración.

---

1. Para mejorar la calidad de la traducción, he hecho modificaciones en algunos de estos poemas.

目　录　ÍNDICE

王 维　Wang Wei

李 白 Li Bai

Lista de los poemas publicados en el libro gracias a la gentileza y la autorización de las Editoriales Cátedra y Miraguano / 506

王绩

WANG JI (585 – 644)

Nombre social[1]: Wugong, originario de Longmen, hoy Hejin, provincia de Shanxi. Fue funcionario público, pero su creencia taoísta le llevó a abandonar sus cargos para retirarse en Dong Gao como labriego, donde se dio el sobrenombre "Maestro de Dong Gao", imitando el ejemplo de Tao Yuanming (Tao Qian). Su poesía es principalmente bucólica y su tema preferido es la exaltación de la naturaleza y la vida retirada.

---

1. Nombre que los padres ponían, en la antigua China, a su hijo cuando cumplía unos veinte años.

野 望

东皋薄暮望，徙倚欲何依。
树树皆秋色，山山唯落晖。
牧人驱犊返，猎马带禽归。
相顾无相识，长歌怀采薇[1]。

---

1. 采薇：出自《诗经·小雅·鹿鸣之什》，为先秦时代的华夏族诗歌，作者借此抒发
自己的苦闷。这首诗写于王绩辞官隐居东皋时，是现存唐诗的第一首格律完整的五
言律诗。

CONTEMPLANDO EL CAMPO

Ocaso. Contemplo desde Dong Gao.

¿Adónde voy a ir? Dudo y vacilo.

Se visten de otoño todos los árboles.

Montes y cerros teñidos

de luces crepusculares.

Los pastores regresan con novillos.

Los cazadores vuelven con sus presas.

Miro y no encuentro a ningún conocido.

Canto largamente *Caiwei,*

antigua canción de tristeza.

王勃

WANG BO (650 – 676)

Nombre social: Zi'an. Natural de Longmen, provincia de Shanxi. Acerca de la fecha de su nacimiento y fallecimiento, hay dos versiones diferentes y la que ponemos aquí es la más aceptada. Nació en una familia de intelectuales, y fue sobrino del conocido poeta Wang Zhi. A los catorce años de edad logró aprobar los exámenes imperiales y se convirtió en funcionario público. Sin embargo, a causa de problemas políticos fue destituido. En el viaje que hizo para visitar a su padre exiliado, debido a una gran tormenta, se hundió el barco y Wang Bo pereció ahogado, siendo todavía muy joven.

Encabezó el grupo que se conoce en la historia de la literatura china como "Los cuatro poetas prominentes de Tang inicial", grupo que, con sus poemas y críticas, atacó el estilo florido y sofisticado que reinaba en la época y contribuyó a la renovación de las formas de la versificación. El mérito de Wang Bo en este sentido consiste en su aportación a la determinación de la métrica de los *lüshi* (octavas de estilo moderno) pentasílabos, a la iniciación de los *jueju* (cuartetos de estilo moderno) heptasílabos y al desarrollo de los *guti shi* (poemas de estilo antiguo) heptasílabos. Unos noventa poemas suyos se conservan hasta hoy día, reunidos en la *Antología de Wang Zi'an*, y son de temas variados: amistad, nostalgia por la tierra natal, descripción del paisaje, tristeza por la separación geográfica de los amigos, decepción por los reveses que había sufrido.

送杜少府之任蜀州

城阙[1]辅三秦，风烟望五津。
与君离别意，同是宦游人。
海内存知己，天涯若比邻。
无为在歧路，儿女共沾巾。

---

1. 城阙：帝皇住的城，此处指长安。

DESPIDIENDO AL PREFECTO DU, DESTINADO A SICHUAN

Desde los muros de la capital,

rodeada por los tres pueblos de Qin,

miro hacia Sichuan adonde te envían,

y solo veo brumas y neblinas.

Los dos que tenemos cargos en tierra extraña,

compartimos la tristeza de las despedidas.

Como amigos entrañables,

nos sentimos uno al lado del otro,

aun en distintos extremos del cielo.

No hay por qué portarnos como chiquillos,

que mojan con lágrimas sus pañuelos

al despedirse en la bifurcación del camino.

〔提示〕"若比邻"我们没有直译成 como vecinos，因为直译的语气不如此处的译法有力。

咏 风

肃肃凉风生，加我林壑清。

驱烟寻涧户，卷雾出山楹。

去来固无迹，动息如有情。

日落山水静，为君起松声。

CANTO AL CÉFIRO

Susurrante, el céfiro se alza,

refrescando el valle y el bosque.

Barre el humo de las cabañas

y se llevan las nieblas de los montes.

Va y viene, sin dejar ni rastro,

Ora corre, ora descansa,

como un ser humano sensible.

Ocaso. Silencio en montes y ríos.

Ahora viene a hacer cantar,

para nosotros, los pinos.

滕王阁诗

滕王高阁临江诸，佩玉鸣鸾罢歌舞。
画栋朝飞南浦云，珠帘暮卷西山雨。
闲云潭影日悠悠，物换星移几度秋。
阁中帝子今何在？槛外长江空自流。

EL PABELLÓN DEL PRÍNCIPE TENG

El alto pabellón del Príncipe Teng

sigue erguido en la ribera del río.

Pero ya no se oyen

las músicas, las danzas,

el son de los adornos de jade

y los ruidos de los carruajes.

Al alba, desde la orilla sur

vuelan las nubes hacia las vigas decoradas.

En el ocaso, las lluvias del monte del poniente

agitan las cortinas perladas.

Nubes ociosas proyectan sus sombras

en las apacibles aguas como antes.

Pero los astros se mueven y las cosas cambian.

¿Dónde estará el Príncipe, el dueño del pabellón?

Mas allá de la balaustrada,

continúa el Yangtsé, indiferente,

con su fluir incesante.

贺知章

HE ZHIZHANG (659 – 744)

De joven ya tenía fama por sus versos y prosas y era amigo de Li Bai. Ejerció diversos cargos oficiales y en 742 se retiró a la zona del Lago Jing. Gran bebedor, se dio el sobrenombre de "Borracho Loco de Siming", montaña en que bebía frecuentemente con sus amigos.

Solo diecinueve poemas suyos han podido conservarse hasta hoy día, entre los cuales sus *jueju* (cuartetas de estilo moderno), sobre todo sus *qijue* (cuartetas heptasílabas) son altamente valorados gracias a su elegancia y originalidad.

回乡偶书

少小离乡老大回，
乡音无改鬓毛衰。
儿童相见不相识，
笑问客从何处来。

DE REGRESO A MI PUEBLO NATAL

Salí de niño y, viejo, vuelvo.

Mi acento, el de antes, mas ya raros mis cabellos.

Los niños no me conocen. Sonrientes, preguntan:

¿De dónde viene, caballero?

咏 柳

碧玉妆成一树高，
万条垂下绿丝绦。
不知细叶谁裁出，
二月春风似剪刀。

DEDICADO AL SAUCE

No eres un árbol sino un jade verde tallado.

De ti cuelgan mil cintas de esmeralda de seda.

¿Quién ha confeccionado estas hojas tan preciosas?

El favonio de primavera con sus tijeras.

陈子昂

CHEN ZI'ANG (661 – 702)

Nombre social: Boyu. Originario de Shehong, perteneciente hoy a la provincia de Sichuan. A los 24 años de edad fue aprobado en los exámenes imperiales y designado a varios puestos sucesivamente, llegando hasta el de *Shiyi* (Consejero Imperial). Debido a las intrigas de sus enemigos políticos fue encarcelado y murió en la prisión.

Gran renovador de la poesía, lanzó un movimiento "renacentista" consistente en volver a la antigua tradición de *Shi Jing* (*Libro de poemas modelo*) y rechazar el estilo formalista y florido a expensas del contenido. Contribuyó decisivamente a la superación de esta tendencia que reinaba en la época y al desarrollo de una poesía con contenido sano y ligada a la vida. Sus versos rebosan de entusiasmo y están reunidos en *Obras de Chen Shiyi*.

登幽州台歌

前不见古人，
后不见来者。
念天地之悠悠，
独怆然而涕下！

CANTO EN LA TERRAZA DE YOUZHOU

Detrás no veo al hombre del pasado,

ni delante al no llegado.

Pienso en lo infinito que es el universo.

Lágrimas, solo, en la tristeza inmerso.

[提示] 原文头两句的"前"和"后"，是按汉语习惯、按历史的先后次序说的。按西语的习惯，向前看是看未来，向后看是看过去，因此我在译文中作了相应改变。

张九龄

ZHANG JIULING (678 – 740)

Nombre social: Zishou. Oriundo de Qujiang, provincia Guangdong, pasó con éxito en 708 las pruebas para optar al título de *jinshi* (doctorado) y después hizo una brillante carrera política, llegando hasta ocupar durante un tiempo el cargo de primer ministro, en la época del emperador Xuan Zong. Tenía mucho prestigio y buena fama por su rectitud, capacidad y gran erudición, y era un entusiasta protector de muchos poetas. Debido a las intrigas del poderoso Li Linfu, sufrió en 737 descenso y destierro.

Fue uno de los excelentes poetas de la dinastía. Se distinguió por la sencillez y el frescor del lenguaje de sus versos y contribuyó mucho a la superación del formalismo que reinaba a principios de Tang. Nos dejó *Colección de Qujiang*.

望月怀远

海上生明月，天涯共此时。
情人怨遥夜，竟夕起相思。
灭烛怜光满，披衣觉露滋。
不堪盈手赠，还寝梦佳期。

AÑORANDO, AL CONTEMPLAR LA LUNA,
A MI LEJANA AMADA

Sobre el mar se eleva

una luna espléndida.

Tú y yo la contemplamos

desde dos extremos de la tierra.

Lamento que la noche sea tan larga

y, desvelado, te añoro apasionado.

Apago la lámpara:

la luz de luna me encanta

llenando todo mi cuarto.

Me pongo la capa y salgo.

Siento el rocío muy denso.

Me entristece no poder recoger

un puñado de luz y enviártelo.

Regreso y me acuesto:

Quiero verte en el sueño.

张旭

ZHANG XU (675 – ¿750?)

Nombre social: Bogao. Originario de Suzhou, provincia de Jiangsu, es famoso calígrafo. Se destacan sus cuartetas heptasílabas sobre la naturaleza y el paisaje.

清溪泛舟

旅人倚征棹，
薄暮起劳歌。
笑揽清溪月，
清辉不厌多。

EN UNA BARCA EN EL ARROYO CRISTALINO

El viajero, sentado junto a un remo,

oye cantar a los labriegos en el ocaso.

Ríe, jugueteando con la luna del arroyo:

Quiere recoger más brillos en las manos.

张若虚

ZHANG RUOXU (660 – 729)

Oriundo de Yangzhou, de la actual provincia de Jiangsu, trabajó como funcionario de baja categoría. Fue uno de los cuatro poetas que formaban el grupo que en su época llamaban "Cuatro literatos de Wuzhong". Se sabe muy poco de su vida y solo dos de sus poemas han podido llegar a nuestros días. Pero uno de ellos, el que se lee abajo, fue muy aplaudido por los críticos chinos de todos los tiempos y lo inmortalizó.

春江花月夜

春江潮水连海平，海上明月共潮生。
滟滟随波千万里，何处春江无月明。
江流宛转绕芳甸，月照花林皆似霰。
空里流霜不觉飞，汀上白沙看不见。
江天一色无纤尘，皎皎空中孤月轮。
江畔何人初见月？江月何年初照人？
人生代代无穷已，江月年年只相似。
不知江月待何人，但见长江送流水。
白云一片去悠悠，青枫浦上不胜愁。
谁家今夜扁舟子？何处相思明月楼？
可怜楼上月徘徊，应照离人妆镜台。
玉户帘中卷不去，捣衣砧上拂还来。
此时相望不相闻，愿逐月华流照君。
鸿雁长飞光不度，鱼龙潜跃水成文[1]。
昨夜闲潭梦落花，可怜春半不还家。
江水流春去欲尽，江潭落月复西斜。
斜月沉沉藏海雾，碣石潇湘无限路[2]。
不知乘月几人归，落月摇情满江树。

---

1. 鸿雁、鱼龙：传说鸿雁和鱼可以传信。
2. 碣石：山名。潇湘：本二水名，潇水，湘水，合流后称为潇湘。这里碣石指北，潇
   湘指南。无限路，指离人相距之遥远。

EL RÍO PRIMAVERAL EN UNA NOCHE DE LUNA Y FLORES

Con las crecidas de primavera,

se identifican el río y la mar.

Emerge de entre las olas

una luna esplendorosa.

Inunda y acompaña

a las aguas agitadas

miles y miles de leguas.

¿Qué río en primavera

no goza de la luna?

El río corre, abrazando

la campiña perfumada

bajo una gasa blanca.

La luna argenta sus flores,

que brillan como diminutas perlas.

Se diría que la escarcha,

suspendida del espacio,

se funde con el blancor

de la arena de la orilla.

La luna y el cielo,

plateados, inmaculados.

Mas ¡qué soledad sufre ella

en el éter cristalino!

En las riberas del río,

¿quién vio la luna primero?

Y esta, a su vez, ¿cuándo arrojó

sus primeros rayos al hombre?

Generaciones humanas,

una tras otra, vienen y se van.

Año tras año, la luna del río

parece siempre la misma.

No se sabe a quién espera.

Solo se ve que en el inmenso río

las aguas pasan y pasan.

Flota una nube blanca

hacia la lejanía.

En la ribera de los Verdes Arces,

una tristeza infinita.

¿De quién es aquella barca

que en esta noche navega?

¿En qué morada, bajo la luna

se añora al ser querido ausente?

La luna ronda la casa

e ilumina el tocador

de la esposa nostálgica,

que enrolla la cortina de perlas,

mas la luna no se aleja.

Golpea en la piedra al lavar la ropa[1]:

Tampoco la ahuyenta.

---

1. En la antigua China, la gente lavaba la ropa golpeándola con un palo sobre una piedra lisa y llana.

Ahora los amantes fijan sus ojos
en el espejo celeste.
Quieren verse, pero ni se oyen.
¿Remontar la luna e ir con sus luces
para alumbrar al amado?
No, ni los gansos silvestres,
legendarios mensajeros de amor,
en su vuelo prolongado,
pueden llevarle la luz.
Dragones y peces,
también mensajeros,
solo logran levantar,
en sus afanosos saltos,
unos rizos en el agua.

"Anoche soñé que las flores
se cayeron en los estanques.
Avanzada ya la estación,
aún no puedo volver a casa.
Impetuosas aguas del río
se llevarán la primavera,
y también la flor de mi vida."

Sobre la orilla agoniza la luna,
que se atisba entre las brumas.
Montaña Norte. Río Sur.
Inmensurable es la distancia
que el viajero debe salvar.
¿Quién pudiera cabalgar la luna
para retornar así al hogar?
Ya se pone ella, la luna,
y de tristeza se llenan
el río y sus arboledas.

王翰

WANG HAN (687 – 726)

Nombre social: Ziyu. Originario de Jinyang, que hoy es Taiyuan, provincia de Shanxi, en 710 obtuvo *jinshi* (doctorado) y empezó a desempeñar importantes cargos públicos, pero su rectitud le valió un destierro tras otro. Su tema preferido es la lucha y la vida en la frontera.

凉州曲

葡萄美酒夜光杯，
欲饮琵琶马上催。
醉卧沙场君莫笑，
古来征战几人回。

CANTAR DE LIANGZHOU

Vino selecto en copas de jade espléndido.

A caballo, íbamos a tomarlo

cuando el laúd nos apremió a partir.

— ¡Venga, vamos, a beber!

Si caigo yo borracho en la batalla,

no os riáis, compañeros.

Pensad: Desde tiempos remotos,

¿cuántos guerreros habrán vuelto?

王之涣

WANG ZHIHUAN (688 – 742)

Nombre social: Jiling. Oriundo de Jiangzhou, Shanxi, solo ocupó cargos oficiales de poca importancia. Destacó por sus poemas acerca de la vida y la lucha en la frontera.

登鹳雀楼

白日依山尽，
黄河入海流。
欲穷千里目，
更上一层楼。

SUBIENDO A LA PAGODA DE LA CIGÜEÑA

El sol pálido agoniza

apoyado en las colinas.

El río Amarillo fluye hacia el mar.

¿Queréis gozar de la vista

del más lejano horizonte?

¡Arriba, arriba y más arriba!

[提示] 这首诗对偶用得极好："白日"与"黄河"对，"依山尽"与"入海流"对，
"欲穷"与"更上"对，"一层楼"与"千里目"对。因此用"一"主要是为了与
"千"构成对偶，"一"并不是作者要强调的意思。译文侧重原著感情的表达，不拘泥
于字面的含义。如直译un piso más arriba，读者反而会问：是否un piso más就够了？

孟浩然

MENG HAORAN (MEN HAOYAN) (689 – 740)

Natural de Xiangyang, provincia de Hubei, pasó su juventud en la montaña Lumen, su lugar natal, dedicado a estudios literarios. A los cuarenta años se marchó a Chang'an, la capital, para presentarse a los exámenes. Fracasó y volvió a vivir retirado en dicha montaña, haciendo también viajes en algunos años por las provincias del sur. Fue amigo de muchos famosos poetas, entre ellos Wang Wei, Li Bai y Wang Changling, quien le había invitado a trabajar en su gabinete. Pero no fue posible: murió a causa de una comida en exceso al agasajar a Wang Changling y nunca tuvo cargos oficiales.

Es considerado el pionero de la poesía pastoral y paisajística de Tang, y la mayoría de sus poemas están dedicados a la exaltación de la naturaleza y a la descripción de la vida en el campo, con un estilo parecido al de Wang Wei, con sencillez y elegancia. Los críticos chinos consideran que él y Wang Wei forman una nueva corriente paisajística —denominada corriente de Wang-Meng. Unos 260 poemas suyos han podido conservarse hasta nuestros días, reunidos en la *Antología de Meng Haoran*, y en muchos de ellos se nota una delicada tristeza.

春 晓

春眠不觉晓，
处处闻啼鸟。
夜来风雨声，
花落知多少。

MADRUGADA PRIMAVERAL

Sueño primaveral. No advierto el amanecer

hasta que suenan trinos por doquier.

Anoche oí un chubasco con su ruido.

Dime: ¿cuántas flores habrán caído?

宿建德江

移舟泊烟渚，
日暮客愁新。
野旷天低树，
江清月近人。

UNA NOCHE, EN EL RÍO JIANDE

Muevo mi barca y fondeo
en un islote de niebla.
El sol moribundo aumenta
mi tristeza de viajero.

Ilimitada llanura.
Baja el cielo hasta los árboles.
Cristal del río azulado.
¡Qué cerca de mí la luna!

临洞庭湖赠张丞相

八月湖水平，涵虚混太清。
气蒸云梦泽，波撼岳阳城。
欲济无舟楫，端居耻圣明。
坐观垂钓者，徒有羡鱼情。

POEMA ENVIADO AL PRIMER MINISTRO ZHANG, DESDE EL LAGO DONGTING

Las aguas otoñales del lago

se confunden con el cielo.

Una tenue neblina envuelve

el vasto llano en los contornos.

La ciudad de Yueyang se mece

en las aguas que cabrillean.

Quería cruzar el lago,

mas no hallo bote ni barco.

Me avergüenza estar ocioso

en esta época de sabios soberanos.

Lo único que puedo hacer

es sentarme a contemplar

aquí, con admiración y gozo,

a los pescadores tan absortos.

舟中晓望

挂席东南望，青山水国遥。
舳舻争利涉，来经接风潮。
问我今何适？天台访石桥。
坐看霞色晓，疑是赤城标。

CONTEMPLACIÓN MATINAL DESDE EL BARCO

Bajo la vela, contemplo al sureste,

inmenso país del agua,

poblado de verdes montes.

Es un buen día: el río lleno de barcas,

que pasan raudas con el viento en popa.

Sin perder la ocasión, visito

el angosto Puentecillo de Piedras

en la Sierra de Celeste Terraza.

Sentado, contemplo el alba:

¿Será la cumbre del monte

de La Ciudad Escarlata?

送朱大入秦

游人五陵去，
宝剑值千金。
分手脱相赠，
平生一片心。

PARA ZHU EL PRIMERO[1], QUE PARTE A QIN

Te vas, amigo, a Cinco Túmulos.

Esta espada vale más que todo oro,

y es lo único que te puedo dar para tu compañía.

En ella va un corazón de toda la vida.

---

1. En la antigua China, cuando una persona tenía hermanos, sus amigos solían llamarle por su apellido y por su posición entre los hermanos. En este caso, "Zhu el Primero" fue amigo del autor apellidado Zhu, que era primogénito.

宿桐庐江寄广陵[1]旧游

山暝听猿愁，沧江急夜流。
风鸣两岸叶，月照一孤舟。
建德非吾土，维扬忆旧游。
还将两行泪，遥寄海西头。

---

1. 广陵和第六句的维扬都是指扬州。

ENVIADO, DESDE EL ALBERGUE DEL RÍO TONGLU, A MIS VIEJOS AMIGOS DE GUANGLING

De noche, en la montaña.

Los monos aúllan con melancolía.

Las aguas del río corren deprisa.

El viento ulula, haciendo sonar

las hojas a ambas orillas.

Bajo la luna, una barca solitaria.

Esta no es mi tierra, y recuerdo

a mis viejos amigos de Weiyang[1].

Quiero que estas aguas les lleven mis lágrimas

a través de la inmensa mar.

---

1. Weiyang es otro nombre de Guangling, que es el actual Yangzhou.

寒山

HAN SHAN (691 – 793)

Originario de Chang'an, capital de Tang, nació en una familia de cortesanos imperiales. Su fecha de nacimiento y fallecimiento es siempre un tema de discusión. Tras fracasos en varios exámenes imperiales se hizo bonzo y vivió largos años en la montaña Tiantai de la provincia de Zhejiang. Sus trescientos poemas se recogen en *Antología poética del Maestro Han Shan*.

杳杳寒山道

杳杳寒山道，落落冷涧滨。
啾啾常有鸟，寂寂更无人。
淅淅风吹面，纷纷雪积身。
朝朝不见日，岁岁不知春。

SOMBRÍAS SENDAS DEL MONTE GÉLIDO

Sombrías sendas del Monte Gélido.

Frías aguas de sus arroyuelos.

Cantan por todas partes los pájaros.

No hay, en sitio alguno, rastro humano.

Rugientes vientos azotan el rostro.

Copiosas nieves cubren el vestido.

Pasan los días sin sol.

Los años, sin primavera.

王昌龄

WANG CHANGLING (698 – 757)

Nombre social: Shaobo. Natural del actual Xi'an, provincia de Shaanxi, obtuvo el título de *jinshi* en 727. Trabajó en varios cargos oficiales y también conoció, como muchos otros poetas, el destierro. Regresó a su pueblo natal en los tiempos de caos de la rebelión de An Lushan y fue asesinado por el gobernador Lü.

Fue uno de los destacados exponentes de la "poesía de frontera" y se distinguió por sus versos *jueju* (cuarteta). Sus poemas están recogidos en *Antología de Wang Changling*.

题僧房

棕榈花满院，
苔藓入闲房。
彼此名言绝，
空中闻异香。

ESCRITO EN LA CELDA DE BONZOS

Cubren el patio flores de palma.

El musgo ha invadido la celda.

No les hacen falta las palabras.

En el aire una rara fragancia.

采莲曲

荷叶罗裙一色裁，
芙蓉向脸两边开。
乱入池中看不见，
闻歌始觉有人来。

CANCIÓN DE LAS RECOLECTORAS DE LOTOS

Verdes faldas en el verdor de las hojas.

Rostros de flor entre flores de loto.

En la espesura no se las encuentra.

Mas su canción delata su presencia.

[提示] 头两句直译原文会啰嗦而且不美，我们改用西语结构的重复美来表达，虽然字面
有所改变，但主要含义是相同的。西班牙皇家学院院长Manuel Alvar 读到笔者的译文后十
分欣赏，以Rostros de flor entre flores de loto为题发表了推荐文章（见1989年5月21日ABC报）。

芙蓉楼送辛渐

寒雨连江夜入吴，
平明送客楚山孤。
洛阳亲友如相问，
一片冰心在玉壶。

DESPIDIENDO A XIN JIAN EN EL PABELLÓN DEL HIBISCO

Noche oscura en Wu. Río bajo la lluvia fría.
Nacen los primeros rayos: rompe el alba.
Aquí te digo adiós, y en la lejanía
se ve la montaña de Chu solitaria.

Cuando te pregunten por mí los amigos,
diles, por favor, a todos de mi parte:
Tienen mi corazón cristalino
en un ánfora de jade.

听流人水调子

孤舟微月对枫林，
分付鸣筝与客心。
岭色千重万重雨，
断弦收与泪痕深。

COPLA DE UN CANTANTE VIAJERO

La barca solitaria y la luna velada

miran a la arboleda de arces.

Canto de la guitarra,

corazón del viajero.

Cien colores de la sierra

entre miles de redes de la lluvia.

Una cuerda se rompe

y todo en silencio,

impregnado de lágrimas.

王维

WANG WEI (701 – 761)

Nombre social: Muojie. Nació en 701 en Puzhou, actualmente Yongji, provincia de Shanxi, en una familia de nobles y terratenientes. Desde su adolescencia ya era famoso como poeta, pintor, músico y calígrafo. En 721 obtuvo el título de *jinshi* y fue nombrado como censor del Departamento de Música. En 733 fue designado Consejero Imperial por Zhang Jiuling, gran poeta y el entonces primer ministro. Cuando estalló la rebelión de An Lushan y Shi Siming, cayó en manos de los insurrectos y se vio obligado a ejercer el cargo de censor, contra su propia voluntad, por lo cual escribió secretamente un poema expresando su lealtad al imperio. Aplastada la revuelta, fue acusado de haber colaborado con los rebeldes, pero el monarca, conmovido por dicho poema, le perdonó y le rehabilitó.

En los últimos años de su vida, el poeta se retiró a las montañas del Río Wang, de Lantian, provincia de Shaanxi, enfrascado en los libros budistas de *chan* (zen) y dedicado a la vida espiritual de esta creencia. Falleció en 761 en Chang'an.

En la primera etapa de su actividad literaria, escribió poemas de temas políticos que denunciaban la corrupción, y también poemas sobre la vida en las zonas fronterizas y la lucha de los guerreros en defensa del país. Sin embargo, se destacó más por su poesía paisajística y bucólica, denominada en China como "poesía de campo y jardín", que compuso principalmente en la segunda etapa de su vida. Con sus ojos de excelente pintor, captó la belleza de la naturaleza y la plasmó en sus versos. Su Dongpo, un gran poeta de la dinastía siguiente, le elogió: "En su pintura hay poesía y en su poesía, pintura." Muchos poemas suyos de esta etapa están llenos de ideas de zen que exhortan a la quietud del alma e invitan a la vida retirada.

Su creación poética está publicada en *Antología de Wang Youcheng* (Youcheng fue un cargo que Wang Wei había desempeñado). Para muchos, es uno de los más grandes poetas chinos después de Li Bai y Du Fu.

鹿　柴

空山不见人，
但闻人语响。
返景入深林，
复照青苔上。

EL EREMÍTICO JARDÍN DEL CIERVO

Desierto el monte.

No se ve gente, pero se oyen voces.

Lo hondo del bosque. Unos rayos ponientes.

De nuevo se ilumina el musgo verde.

酬张少府

晚年唯好静，万事不关心。
自顾无长策，空知返旧林。
松风吹解带，山月照弹琴。
君问穷通理，渔歌入浦深。

RESPUESTA AL POEMA DEL SEÑOR PREFECTO ZHANG

En mi vejez solo aspiro al sosiego.

Ya no me interesa nada mundanal.

Sin ninguna meta, lo único que quiero

es retornar al bosque, mi antiguo hogar.

La brisa del pinar me agita la faja suelta.

La luna serrana me alumbra tañendo la cítara.

Me preguntas, ¿qué es la última verdad de la existencia?

Cantos de pescadores que se alejan por la orilla.

终南山

太乙近天都，连山到海隅。
白云回望合，青霭入看无。
分野中峰变，阴晴众壑殊。
欲投人处宿，隔水问樵夫。

LA MONTAÑA DE ZHONGNAN

Cerca está de la Morada del Dios del Cielo[1].

Cerros tras cerros, hasta la orilla del mar.

Nubes blancas: Se cierran al ser contempladas.

Niebla azulada: Se esfuma si entro en ella.

En torno al pico de los picos gira todo.

Diferente la luz, soleado o umbrío el valle.

Quiero buscar albergue y llamo a un leñador.

Mi voz salta a través del agua del arroyo.

---

1. Se refiere a la capital del imperio, Chang'an.

归嵩山作

清川带长薄，车马去闲闲。
流水如有意，暮禽相与还。
荒城临古渡，落日满秋山。
迢递嵩高下，归来且闭关。

ESCRITO AL REGRESAR A LA MONTAÑA SONG

Un arroyo diáfano serpea entre cañaverales.

Mi carroza, meciéndose, va sin prisa.

Las aguas ondeantes me saludan con cariño.

Aves crepusculares, en bandada, me acompañan.

El desierto pueblo mira al antiguo embarcadero.

La luz del poniente inunda los cerros de otoño.

Al pie de la altanera montaña,

ya en casa, cierro la puerta al mundo.

送　别

下马饮君酒，问君何所之。
君言不得意，归卧南山陲。
但去莫复问，白云无尽时。

DESPEDIDA

Desmontas. Te ofrezco un vaso de vino.

¿Adónde vas? Me hablas de desengaños.

Te retiras al monte Mediodía.

No te pregunto más. Adiós, amigo.

Divagan nubes blancas, infinitas.

竹里馆

独坐幽篁里，
弹琴复长啸。
深林人不知，
明月来相照。

EN EL ALBERGUE DE BAMBÚES

Sentado solo en el bosque en silencio,

taño mi laúd y canto largo tiempo.

Nadie sabe que estoy en el espeso follaje.

Solo la brillante luna acude a iluminarme.

终南别业

中岁颇好道，晚家南山陲。
兴来每独往，胜事空自知。
行到水穷处，坐看云起时。
偶然值林叟，谈笑无还期。

MI MORADA EN LA MONTAÑA ZHONGNAN

Desde mi edad madura,

me encanta el Tao budista.

En el ocaso de mi vida,

decido vivir mi retiro

al pie del monte Mediodía.

Salgo, cuando me place,

a dar un paseo solo,

y es un deleite inefable.

Llego hasta donde termina el arroyo.

Sentado, contemplo las nubes que nacen.

Por casualidad me encuentro

con un anciano que vive en el bosque.

Charlando, charlando y riendo,

se nos olvida el regreso.

山居秋暝

MI MOFADA EN LA MONTANA ZHONGDIAN

空山新雨后，天气晚来秋。
明月松间照，清泉石上流。
竹喧归浣女，莲动下渔舟。
随意春芳歇，王孙自可留[1]。

---

1. 对"王孙"是仅指作者自己还是泛指，有两种不同的理解。和许渊冲先生一样，我们倾向于后一种理解。

CREPÚSCULO AUTUMNAL EN LA MONTAÑA

Cesa la lluvia. Montaña desierta.

Cae la noche. Frescura de otoño.

Una brillante luna resplandece entre los pinos.

Un cristalino arroyo corre encima de los cantos.

Risas entre los bambúes:

Regresan las lavanderas.

Vaivenes de hojas de loto:

Vuelven los botes pesqueros.

Aunque se ha ido la primavera fragante,

todo esto, viajero, ¿no te invita a quedarte?

[提示] 这首诗前三联用对仗，即第一与第二句、第三与第四句、第五与第六句都有对仗，结构很美，是中国古诗词的一大特点。这种美在西语中叫 paralelismo，翻译时要尽可能转达。我们的译文转达了这种美。第三组对仗，为了避免诗句太长，我们将原文两句分成四句，但保持了结构美。

杂诗（其二）

君自故乡来，
应知故乡事。
来日绮窗前，
寒梅著花未？

MISCELÁNEA

II

Has venido de mi pueblo

y sabrás lo que allí pasa.

Al salir, ante las ventanas de seda bordada,

¿viste florecer los ciruelos de invierno?

华子冈

飞鸟去不穷，
连山复秋色。
上下华子冈，
惆怅情何极？

LA COLINA DE HUAZI

Se han volado los pájaros al cielo.

Vuelven a teñirse de otoño montes y sierras.

Subo y bajo, y luego subo de nuevo.

¡Hasta qué extremo llegará mi inmensa tristeza!

鸟鸣涧

人闲桂花落，
夜静春山空。
月出惊山鸟，
时鸣春涧中。

TRINOS EN EL BARRANCO

Reposan los hombres.

Caen flores de casia.

Noche sosegada.

Primavera en la montaña vacía.

Emerge la luna y asusta a los pájaros.

Sus gorjeos alborotan,

por un instante, el barranco.

山　中

荆溪白石出，
天寒红叶稀。
山路元无雨，
空翠湿人衣。

EN LA MONTAÑA

Del arroyo del Espino emergen rocas blancas.

En el cielo frío vuelan unas hojas purpúreas.

No ha llovido en estos senderos de la montaña,

pero el azul del espacio me inunda la túnica.

田园乐（其六）

桃红复含宿雨，
柳绿更带朝烟。
花落家童未扫，
莺啼山客犹眠。

GOZO DE LA VIDA EN EL CAMPO
VI

Flores rojas del melocotonero

cargadas de la lluvia nocturna.

Hojas verdes de los sauces

bañadas en matutinas brumas.

Han caído los pétalos.

Aún no los barre el muchacho.

Cantan las oropéndolas.

Sigue sin despertar el ermitaño.

木兰柴

秋山敛余照，
飞鸟逐前侣。
彩翠时分明，
夕岚无处所。

EL EREMÍTICO JARDÍN DE LAS MAGNOLIAS

Monte otoñal recogiendo los últimos rayos.

En vuelo la bandada siguiendo al primer pájaro.

Destella la luz de esmeralda unos instantes.

No queda sitio para las nieblas de la tarde.

临湖亭

轻舸迎上客，
悠悠湖上来。
当轩对樽酒，
四面芙蓉开。

EL PABELLÓN JUNTO AL LAGO

La barca ligera recibe a mi invitado
y viene lentamente atravesando el lago.
En la veranda, ante nuestras copas de vino,
se abren por todas partes las flores de hibisco.

柳 浪

分行接绮树，
倒影入清漪。
不学御沟上，
春风伤别离。

SAUCES EN OLAS

Se alzan hermosos árboles

en hileras distintas.

En el cristal de las ondas,

se reflejan sus sombras invertidas.

Imágenes nunca vistas

en canales del palacio,

donde el viento de primavera aumenta

la tristeza de las despedidas.

辛夷坞

木末芙蓉花，
山中发红萼。
涧户寂无人，
纷纷开且落。

EL TERRAPLÉN DE LOS HIBISCOS

Flores de hibisco en la punta de las ramas.

Cálices rosados en medio de la montaña.

Calma y soledad a la entrada del valle.

Profusas, unas se abren mientras otras caen.

白石滩

清浅白石滩，
绿蒲向堪把。
家住水东西，
浣纱明月下。

LA PLAYA DE LAS ROCAS BLANCAS

En la playa de las Rocas Blancas,

aguas claras y poco profundas.

Tiernas aneas se agachan

invitando a recogerlas.

Bajo la brillante luz de la luna,

en ambas riberas lavan la seda.

椒 园

桂尊迎帝子，
杜若赠佳人。
椒浆奠瑶席，
欲下云中君[1]。

---

1. 云中君出自屈原的《九歌·云中君》，为男性，是云中之神。

PARQUE DE LOS PIMENTEROS

Un cáliz de casia para la Princesa[1].

Para las bellas damas, fragantes hierbas.

Como ofrenda, en la alfombra de jade,

pongamos néctar de pimienta.

¡Oh Dios de las Nubes,

le rogamos que descienda!

1. Se refiere a la Diosa Xiang de un famoso poema de Qu Yuan.

使至塞上

单车欲问边，属国[1]过居延。
征蓬出汉塞，归雁入胡天。
大漠孤烟直，长河落日圆。
萧关逢候骑，都护在燕然。

---

1. 属国：通常指附属国。据另一说法，属国是官名"典属国"的简称，指使臣（本诗作者当时是以监察御史的身份出塞的）。

ENVIADO A LA FRONTERA

Solo, viajo en un carro hacia la frontera.

Detrás de Juyan está el país tributario.

Una hierba mustia vuela hacia afuera

de las fortalezas de Han.

Ocas migratorias atraviesan

el cielo de los tártaros.

Una columna solitaria de humo

se eleva sobre el inmenso desierto.

El círculo del sol crepuscular

se sumerge en el dilatado río.

En el paso de Xiaoguan encuentro

la patrulla de caballería:

El comandante de la frontera

está en la montaña Golondrina.

戏题盘石

可怜盘石临泉水，
复有垂杨拂酒杯。
若道春风不解意，
何因吹送落花来。

DEDICADO, EN BROMA, A UNA ROCA

¡Qué encanto! ¡Qué preciosa roca junto a la fuente!

Ramas del sauce acariciando mi copa de vino.

Pero, viento primaveral, ¿tú no me comprendes?

¿Por qué insistes en traerme pétalos caídos?

春日与裴迪过新昌里访吕逸人不遇

桃源一向绝风尘，柳市南头访隐沦。

到门不敢题凡鸟[1]，看竹何须问主人。

城上青山如屋里，东家流水入西邻。

闭户著书多岁月，种松皆作老龙鳞。

---

1. 到门不敢题凡鸟：三国魏时的嵇康和吕安是莫逆之交。一次，吕安访嵇康未遇，康兄嵇喜出迎，吕安于门上题"凤"字而去，嘲讽嵇喜是"凡鸟"（"凤"的繁体字为鳳，拆开为"凡"和"鸟"二字）。王维"到门不敢题凡鸟"，则是表示对吕逸人的尊敬。

VISITA INFRUCTUOSA AL ERMITAÑO LÜ

Fuimos al sur del pueblo a visitar al ermitaño,

que vive lejos del bullicioso mundo,

en su Jardín la Flor de Duraznero.

Vinimos con admiración y respeto.

Sin encontrarle, nos conformamos

con contemplar sus bambúes.

Cabaña circuida de verdes montañas.

Por entre las casas serpean arroyos.

Está encerrado largos años para escribir,

frente a los añosos pinos que había plantado.

河上送赵仙舟

相逢方一笑，相送还成泣。
祖帐已伤离，荒城复愁入。
天寒远山净，日暮长河急。
解缆君已遥，望君犹伫立。

DESPIDIENDO A ZHAO XIANZHOU
A LA ORILLA DEL RÍO[1]

Al encontrarnos, nos reímos con alegría.

Al separarnos, se nos saltan las lágrimas.

En la comida de despedida, estoy triste.

Más triste aún al pensar que volveré

solo a un pueblo abandonado.

Tiempo frío. Nítidas las montañas lejanas.

Sol en ocaso. Presuroso corre el gran río.

Apenas levan anclas, ya estás lejos.

De pie, contemplo por tiempo muy largo

el horizonte en que se pierde el barco.

---

1. Según la *Recopilación completa de la poesía Tang* (全唐诗), de la que sacamos el texto chino, hay otras dos versiones del título que son 淇上别赵仙舟 (Despidiendo a Zhao Xianzhou en Qi) y 齐州送祖三 (Despidiendo a
Zu San en Qizhou).

欹 湖

吹箫凌极浦，
日暮送夫君[1]。
湖上一回首，
青山卷白云。

---

1. "夫君"是旧时妻对夫的尊呼，也可指朋友。因此，这首诗有人（如法国汉学家程
抱一）理解为妻所作。我在2008年马德里出版的 *Poesía china elemental* 中按这个理解翻译
过这首诗。

EL LAGO YI

El son de la flauta llega al extremo de la orilla.

Despido a mi gran amigo[1] cuando declina el día.

Ya en el lago, de pronto vuelvo la mirada:

Está la verde montaña envuelta en nubes blancas.

---

1. Aquí la palabra original 夫君 puede entenderse como "noble amigo" o "esposo", y el célebre sinólogo francés François Cheng opta por la segunda interpretación. En mi libro *Poesía china elemental* publicada en 2008 en Madrid (Miraguano) tuve una versión siguiendo esta interpretación de Cheng. Pero parece que es más razonable que la palabra se entienda como "gran amigo" en una colección dedicada al Río Wang donde el autor pasó una temporada con su amigo Pei Di.

李白

LI BAI (LI PO, LI BO, LI TAI-PO) (701 – 762)

Nombre social: Taibai. Sobrenombre: Qinglian jusi (Eremita de Qinglian).
Nació en una familia de comerciantes acomodados. El lugar de su nacimiento
es Chengji, provincia Gansu, pero otra versión dice que nació en Tokmok,
hoy Kirguistán, territorio de Tang en el siglo VIII. De niño se trasladó con sus
padres al actual distrito de Jiangyou, provincia de Sichuan, y creció allí. En su
infancia mostró gran afición a la literatura y a los once años escribió un poema
que fue bien acogido. En sus estudios, recibió ideas confucianistas, taoístas y de
caballería andante y era buen espadachín. A los veinte años vivió un tiempo en
un templo taoísta y más tarde comenzó su vida de bohemio recorriendo primero
diversos lugares de la provincia y luego la zona del río Yangtsé y del río Amarillo,
conociendo así muchos paisajes pintorescos que fueron fuente de inspiración para
algunos de los poemas suyos. En 742 el famoso poeta He Zhizhang le presentó
al emperador Xuan Zong, quien le designó *hanlin* (miembro de la Academia
Imperial). Descontento con la corrupción de la corte la abandonó al año siguiente
y volvió a emprender sus viajes de bohemio. En 757, implicado en el caso del
príncipe Yong fue exiliado a Yelang, pero recibió el decreto de amnistía en su viaje

al destino del destierro. De su enorme producción poética solo una pequeña parte, unos mil poemas, han podido llegar a nuestros tiempos.

Los temas de la poesía de Li Bai son muy variados: exaltación de la naturaleza, aspiración a la libertad y a la felicidad, desprecio por los poderosos y mandarines corruptos, amistad, caballerosidad, bebida, amor, descripción de la vida en el campo y en zonas fronterizas, calamidades causadas por las guerras, nostalgias.

Sus obras se caracterizan por la espontaneidad y el desenfado en la expresión, por sus pasiones, sus imaginaciones audaces y originales, su frecuente uso de la hipérbole y su lenguaje cercano al hablado. Es maestro en el empleo del estilo antiguo (*yuefu*), pero también muestra gran talento en las formas de *jueju* (cuartetos de estilo moderno), todo con gran musicalidad y sonoridad, respetando las normas métricas pero sin ser rígido.

Ejerce una poderosísima influencia sobre los poetas de su época y de la posteridad, y es considerado, junto con Du Fu, como los dos poetas más importantes del país.

题峰顶寺

夜宿峰顶寺，
举手扪星辰。
不敢高声语，
恐惊天上人。

INSCRITO EN EL TEMPLO DE LA CUMBRE

Paso la noche en la cumbre, en el Templo.

Alzo la mano y palpo las estrellas.

Mas ¡bajemos la voz! No molestemos

a los moradores del alto cielo.

月下独酌（其一）

花间一壶酒，独酌无相亲。
举杯邀明月，对影成三人。
月既不解饮，影徒随我身。
暂伴月将影，行乐须及春。
我歌月徘徊，我舞影零乱。
醒时同交欢，醉后各分散。
永结无情游，相期邈云汉。

BEBIENDO SOLO BAJO LA LUNA

I

Entre flores y ante un jarro de vino,

bebo solo, sin compañía alguna.

Alzo la copa y convido a la luna.

Con mi sombra somos tres.

Aunque la luna no puede beber,

y en vano sigue a mi cuerpo la sombra,

son gratas compañeras transitorias.

¡Disfrutemos antes que pase la primavera!

Canto, y la luna se balancea.

Bailo, y mi sombra revolotea.

Despierto yo, compartimos la alegría.

Ebrio, desaparecen mis compañeras.

¡Oh luna, oh sombra, mis inmortales amigas!

Ya tendremos una cita,

en el cristalino Río de las Estrellas.

月下独酌（其二）

天若不爱酒，酒星不在天。

地若不爱酒，地应无酒泉。

天地既爱酒，爱酒不愧天。

已闻清比圣，复道浊如贤。

贤圣既已饮，何必求神仙。

三杯通大道，一斗合自然。

但得酒中趣，勿为醒者传。

BEBIENDO SOLO BAJO LA LUNA

II

Si al cielo no le gustara el vino,

no nos estaría alumbrando

desde allí la Estrella del Vino.

Si a la tierra no le gustara el vino,

no tendríamos en el mundo viñedos,

surtidores del embriagador caldo.

Si al cielo y a la tierra le gusta,

no debe avergonzarnos amarlo.

Dicen que el vino claro es para el santo

y que el turbio es para el sabio.

Ya que los santos y los sabios beben,

¿para qué buscar la inmortalidad?

Con tres copas nos es abierto

el camino a la gran Verdad.

Con tres jarras ya retornamos

a la amable naturaleza.

Los encantos los conocemos los bebedores,

y es inútil decírselo al infeliz abstemio.

送友人

青山横北郭，白水绕东城。
此地一为别，孤蓬万里征。
浮云游子意，落日故人情。
挥手自兹去，萧萧班马鸣。

DESPIDIENDO A UN AMIGO

Montes verdes se alzan sobre la muralla al norte.

Aguas cristalinas ciñen el pueblo al levante.

Aquí nos separamos, y flotará mil leguas

una hierba mustia solitaria por el aire.

Nubes vaporosas, sentimientos del viajero.

Puesta del sol, corazón de los viejos amigos.

Te alejas, y nos decimos adiós con la mano.

¡Qué melancólicos relinchan nuestros caballos!

题元丹丘山居

故人栖东山，自爱丘壑美。
青春卧空林，白日犹不起。
松风清襟袖，石潭洗心耳。
羡君无纷喧，高枕碧霞里。

A YUAN DANQIU, MORADOR DE LA MONTAÑA

Vives, mi querido amigo,

en la Montaña Levante,

deleitándote con la belleza del paisaje.

Desde tu lozana primavera,

te acuestas en la solitaria selva.

Y duermes todavía

cuando el sol ya calcina.

Las mangas de tu túnica se limpian

con la brisa de los pinos.

Se purifican tu corazón y tus oídos

con el arroyo que serpentea entre las peñas.

¡Cuánto te envidio!

Alejado de bullicios y contiendas,

reposas con una nube inmaculada

bajo la cabeza.

下终南山过斛斯山人宿置酒

暮从碧山下，山月随人归。
却顾所来径，苍苍横翠微。
相携及田家，童稚开荆扉。
绿竹入幽径，青萝拂行衣。
欢言得所憩，美酒聊共挥。
长歌吟松风，曲尽河星稀。
我醉君复乐，陶然共忘机。

DESCENDIENDO DE LA MONTAÑA ZHONGNAN[1]

Ocaso. Bajamos de la montaña esmeralda,

acompañados por la luna serrana.

Mirando el sendero que hemos recorrido,

vemos un horizonte verde sombrío.

Llegamos a la ermita, como hermanos.

Abre la puerta enramada un muchacho.

Los bambúes invaden la senda obscura.

Las hiedras acarician nuestras túnicas.

Nos deleitamos con amenas charlas,

sin dejar de alzar las copas,

llenas de exquisito vino.

Cantamos largo rato

El viento entre los pinos.

Al terminar nuestro canto,

palidecen las estrellas del Río.

Ebrio yo y feliz mi amigo:

Juntos hemos olvidado

este mundo tan amargo.

---

1. El título completo es: *Bajando de la montaña Zhongnan, pasamos por la casa del ermitaño Hu Si, quien nos alberga y nos ofrece vino.*

静夜思

床前明月光，
疑是地上霜。
举头望明月，
低头思故乡。

NOSTALGIA EN UNA NOCHE SILENCIOSA

Plateada luz ante mi lecho.

¿Será la escarcha sobre el suelo?

Veo una espléndida luna al alzar la cabeza.

Al bajarla, me hundo en la añoranza de mi tierra.

[提示] 作者怀疑床前的光是霜，因此头一句译文我们避开不用luna一词。第二句不用dudo que 的说法，使译文更简洁明确。抬头一看原来是月，用veo而不用miro或contemplo，更符合情理。最后一句用了bajar 和hundirme 的形象说法都是为了和前面alzar呼应。

寻雍尊师隐居

群峭碧摩天，逍遥不记年。
拨云寻古道，倚石听流泉。
花暖青牛卧，松高白鹤眠。
语来江色暮，独自下寒烟。

VISITA AL MAESTRO YONG EN SU ERMITA

Rodeado de verdes picos que apuntalan el cielo,

vives despreocupado, olvidando los años.

Apartando las nubes busco el antiguo sendero.

Recostado en un árbol, escucho susurrar al arroyuelo.

Junto a flores cálidas se acuestan búfalos negros.

Bajo altos pinos duermen grullas blancas.

Con nuestras voces, el ocaso cae sobre el agua.

Solo, desciendo entre brumas heladas.

望庐山瀑布

日照香炉生紫烟，
遥看瀑布挂前川。
飞流直下三千尺，
疑是银河落九天。

CONTEMPLANDO LA CASCADA
DE LA MONTAÑA LUSHAN

El sol enciende el Pico Incensario,

y se alzan volutas violáceas.

Lejos una cascada

cuelga de la montaña.

En un vertiginoso vuelo,

rueda tres mil pies hacia abajo.

¿Estará el Río de Plata cayendo

de lo más alto del cielo?

估客乐

海客乘天风，
将船远行役。
譬如云中鸟，
一去无踪迹。

EL VIAJERO MARÍTIMO

El viajero cabalga el viento,
que lo lleva a lejanas tierras,
como un ave que emprende el vuelo
sin dejar en el cielo ni huellas.

独坐敬亭山

众鸟高飞尽，
孤云独去闲。
相看两不厌，
只有敬亭山。

SENTADO, SOLO, CONTEMPLANDO LA MONTAÑA JINGTING

Se pierden en el cielo los pájaros en banda.

Ociosa, la última nube se aleja.

¡Oh montaña, mi única compañera!

Ni a ti ni a mí el mirarnos nos cansa.

下江陵（早发白帝城）

朝辞白帝彩云间，
千里江陵一日还。
两岸猿声啼不住，
轻舟已过万重山。

NAVEGANDO RÍO ABAJO A JIANGLING (SALIDA MATINAL DE LA CIUDAD BAIDI)

Digo adiós a Baidi entre arreboles del alba.

Llegaré hoy a Jiangling atravesando cien leguas[1].

Aúllan sin cesar los monos en ambas riberas.

Se desliza, entre un bosque de montañas, mi barca.

---

1. El poema fue escrito cuando el autor regresó del destierro con gran alegría. Es impetuosa la corriente del río abajo en los tramos de la provincia Sichuan.

赠孟浩然

吾爱孟夫子，风流天下闻。

红颜弃轩冕，白首卧松云。

醉月频中圣，迷花不事君。

高山安可仰，徒此揖清芬。

DEDICADO A MENG HAORAN

¡Cuánto te quiero, maestro!

Tu fama como genio y caballero

se eleva hasta los cielos.

De mejillas sonrosadas,

mirabas indiferente

el gorro del mandarín.

Ya con los cabellos níveos,

reposas entre nubes y pinos.

Bebes hasta embriagarte con la luna.

Cautivo de las flores,

no sirves al monarca.

¡Qué altura tan elevada!

Solo puedo alzar la vista

y respirar tu fragancia.

友人会宿

涤荡千古愁，留连百壶饮。
良宵宜清谈，皓月未能寝。
醉来卧空山，天地即衾枕。

PASANDO LA NOCHE ENTRE LOS AMIGOS

Para ahogar las tristezas de mil años,

nos entregamos a beber cien jarros.

La bella noche nos convida a amenas charlas

El esplendor de la luna nos quita el sueño.

Ya ebrios, nos acostamos en la yerma montaña.

El cielo es nuestra manta, y la tierra, nuestra cama.

江夏别宋之悌

楚水清若空，遥将碧海通。
人分千里外，兴在一杯中。
谷鸟吟晴日，江猿啸晚风。
平生不下泪，于此泣无穷。

ADIÓS A SONG ZHITI EN JIANGXIA

El río Chu es diáfano como el vacío.

Irá lejos y se unirá al azul del océano.

Es hora de que partas.

Habrán de separarnos

mil leguas de distancia.

¡Depositemos, amigo,

todos nuestros sentimientos

en una copa de vino!

Los pájaros del valle cantan al cielo claro.

Los monos del río aúllan al viento vespertino.

Como hombre nunca he vertido una lágrima.

Pero ahora no puedo contener el llanto.

山中问答

问余何意栖碧山，
笑而不答心自闲。
桃花流水窅然去，
别有天地非人间。

RESPUESTA DADA DESDE LA MONTAÑA

Me preguntas por qué vivo
en la montaña esmeralda.
Sonrío callado,
corazón en calma.
Las flores de duraznos
que se lleva el arroyo
me abren un mundo nuevo:
otra tierra, otro cielo.

望天门山

天门中断楚江开，
碧水东流至此回。
两岸青山相对出，
孤帆一片日边来。

CONTEMPLANDO LA MONTAÑA PUERTA DEL CIELO

La montaña Puerta del Cielo se parte en dos,

dejando libre curso al río Chu.

Su agua de esmeralda se precipita hacia el este

y luego gira al norte.

En ambas riberas, los verdes picos gemelos

se miran cara a cara,

mientras una vela solitaria

viene de la morada del sol.

怨 情

美人卷珠帘，
深坐蹙蛾眉。
但见泪痕湿，
不知心恨谁。

TRISTEZA DE AMOR

La bella enrolla su cortina perlada.

Sentada en la sombra, fruncidas las cejas.

En sus mejillas se ven huellas de lágrimas.

Mas ¿a quién le deberá tanta tristeza?

陌上赠美人

骏马骄行踏落花，
垂鞭直拂五云车。
美人一笑褰珠箔，
遥指红楼是妾家。

DEDICADO A UNA BELLA ENCONTRADA EN EL CAMINO

Altivo, el jinete pasa

pisando flores caídas.

Su fusta roza un carruaje

de nubes multicolores,

que en las leyendas usaba una Diosa.

La bella, sonriente, alza la cortina perlada.

Señala un lejano pabellón rojo: —Mi casa.

子夜吴歌·冬歌

明朝驿使发，一夜絮征袍。
素手抽针冷，那堪把剪刀。
裁缝寄远道，几日到临洮？

BALADAS DE LAS CUATRO ESTACIONES DEL AÑO
IV. INVIERNO

Mañana partirá el correo a la frontera.

Ella cose toda la noche un abrigo de guerrero.

Manejando la frígida aguja,

están helados sus finos dedos

y apenas se mueven las tijeras.

¿Cuándo llegará el envío

a manos del ser querido?

[提示]"几日到临洮"的临洮，如直译就必须加注，然而如同吕叔湘先生所指出："读诗而非注不明，则焚琴煮鹤，大杀风景矣"。在李白的时代，提到临洮，读者会想到边疆，想到边疆的将士。所以我们舍弃直译而按诗实际隐含的意思译出。这也符合翻译的准则：力求使读者体会到原作时代读者的感受。

访戴天山道士不遇

犬吠水声中，桃花带雨浓。

树深时见鹿，溪午不闻钟。

野竹分青霭，飞泉挂碧峰。

无人知所去，愁倚两三松。

VISITA INFRUCTUOSA AL TAOÍSTA
DEL MONTE DAITIAN

En medio del murmullo del arroyo ladra un perro.

Tras la lluvia, flores de durazno más atractivas.

En lo más hondo del bosque, corre uno que otro ciervo.

No se oyen campanas junto al agua del mediodía.

Cortinas de bambúes separan nieblas azuladas.

De la esmeralda cumbre vuela hacia abajo una cascada.

Nadie sabe adónde puede el ermitaño haber ido.

Melancólico, descanso recostado en un pino.

塞下曲（其一）

五月天山雪，无花只有寒。

笛中闻折柳，春色未曾看。

晓战随金鼓，宵眠抱玉鞍。

愿将腰下剑，直为斩楼兰。

CANTAR DE LOS SOLDADOS DE LA FRONTERA

I

En junio aún vuelan copos de nieve
sobre los Montes del Cielo.
Impera el frío. No se encuentran flores
ni árboles de primavera,
mientras de una flauta salen acordes
de *Sauces quebrados*, canción de adiós.
De madrugada, peleamos
al son de tambores y gongs.
De noche, dormimos abrazando
las monturas de color de jade.
Desenvainadas nuestras espadas,
acabaremos con los bárbaros invasores.

峨眉山月歌

峨眉山月半轮秋，
影入平羌江水流。
夜发青溪向三峡，
思君不见下渝州。

CANTO A LA LUNA DE
LA MONTAÑA DE EMEI

Oh, luna de la montaña de Emei,

hermoso medio disco del otoño.

Tienes esparcidas tus luces

sobre las impetuosas aguas

del río de Pingqiang.

De noche salgo del Arroyo Diáfano

y paso por las Tres Gargantas.

Viajando a Yuzhou, no te veo.

¡Qué pena! ¡Cuánto te echo de menos!

铜官山醉后绝句

我爱铜官乐；
千年未拟还。
要须回舞袖，
拂尽五松山。

UN CUARTETO ESCRITO EBRIO
EN LA MONTAÑA COBRIZA

¡Montaña Cobriza, mi amor, mi alegría!

Contigo, aquí, mil años me quedaría.

Bailo a mi gusto. Mis mangas largas y anchas

barren de golpe los pinos de la cima.

宿清溪主人

夜到清溪宿，主人碧岩里。
檐楹挂星斗，枕席响风水。
月落西山时，啾啾夜猿起。

UNA NOCHE, HOSPEDADO
EN EL ARROYO DIÁFANO

De noche, llego al pueblo de Arroyo Diáfano.

El amo me alberga en su cueva de roca.

De los aleros cuelgan unas estrellas.

Sobre la estera suenan el viento y el agua.

Cuando la luna traspone el monte del Oeste,

oigo lamentos de los monos trasnochadores.

秋浦歌（其十二）

水如一匹练，
此地即平天。
耐可乘明月，
看花上酒船。

BALADAS DE QIUPU
XII

El agua es una tela de blanca seda,

que funde el cielo y la tierra.

Quisiera cabalgar en la brillante luna.

y recrearme admirando las flores

en una barca-taberna.

秋浦歌（其十三）

渌水净素月，
月明白鹭飞。
郎听采菱女，
一道夜歌归。

BALADAS DE QIUPU
XIII

Agua diáfana. Luna esplendorosa.

Bañadas en su luz vuelan las garzas.

¡Escuchad! Las mozas que recogen castañas de agua,

inundando de canciones la senda, vuelven a casa.

秋浦歌（其十四）

炉火照天地，
红星乱紫烟。
赧郎明月夜，
歌曲动寒川。

BALADAS DE QIUPU
XIV

Las llamas de los hornos

alumbran tierra y cielo.

Chispas rojas danzan

entre humos de púrpura.

Brillantes luces de luna

encienden los rostros morenos.

Las canciones de trabajo

hierven las frías aguas del río.

秋浦歌（其十五）

白发三千丈，
缘愁似箇长。
不知明镜里，
何处得秋霜！

BALADAS DE QIUPU

XV

Mil varas mide mi blanco cabello,

y mis tristezas son igual de largas.

Ante el brillante espejo, no comprendo

de dónde viene esta otoñal escarcha.

春 怨

白马金羁辽海东，
罗帷绣被卧春风。
落月低轩窥烛尽，
飞花入户笑床空。

QUEJA PRIMAVERAL DE UNA JOVEN

Caballo blanco, brida dorada,

te fuiste a la guerra.

Cortina de seda, manta bordada,

duermo con la brisa de primavera.

La luna baja y, a través de la ventana,

echa miradas furtivas

a mi agonizante vela.

Indiscretos pétalos irrumpen en mi alcoba:

Se burlan de mi cama vacía.

客中行

兰陵美酒郁金香，
玉碗盛来琥珀光。
但使主人能醉客，
不知何处是他乡。

COMPUESTO EN UN VIAJE

El vino de Lanling es fragante como tulipán.

Brilla como ámbar en la copa de jade.

Si el anfitrión insiste en embriagarme,

olvidaré que me encuentro en tierra extraña.

自　遣

对酒不觉暝，
落花盈我衣。
醉起步溪月，
鸟还人亦稀。

DISTRAYÉNDOME

Embelesado por el vino,

no advierto el anochecer.

Los pétalos caídos cubren

los pliegues de mi vestimenta.

Embriagado, empiezo a pasear

bajo la luna del arroyo.

Se han ido gentes y aves,

dejándome muy solo.

春日醉起言志

处世若大梦，胡为劳其生？
所以终日醉，颓然卧前楹。
觉来眄庭前，一鸟花间鸣。
借问此何时？春风语流莺。
感之欲叹息，对酒还自倾。
浩歌待明月，曲尽已忘情。

EN UN DÍA PRIMAVERAL, AL LEVANTARME TRAS LA BORRACHERA

La vida en este mundo es un largo sueño.

¿Para qué abrumarla con afanes?

Por eso estoy borracho todo el día.

Decaído, duermo junto a la puerta.

Al despertar, miro hacia el jardín del patio.

En medio de las flores canta un pájaro.

«Dime, por favor. ¿En qué tiempo vivimos?»

«¿No ves que es la primavera,

quien hace hablar, con su brisa,

a la vagabunda oropéndola?»

Emocionado, iba a lanzar un suspiro.

Pero vuelvo a servirme, frente al vino.

Canto a voces, esperando la luna.

Al terminar, todo queda en el olvido.

三五七言

秋风清，
秋月明。
落叶聚还散，
寒鸦栖复惊。
相思相见知何日，
此时此夜难为情。

VERSOS DE TRES, CINCO Y SIETE CARACTERES

Otoño. El viento refresca.

¡Qué luna más espléndida!

Se juntan las hojas caídas,

y luego se dispersan.

Los cuervos fríos, reposados,

ahora se espantan.

¡Cuánto pienso en ti, mi amor!

¿Cuándo volveremos a vernos?

En esta noche, en estos momentos,

¿cómo resistir la añoranza?

长门怨（其二）

桂殿长愁不记春，
黄金四屋起秋尘。
夜悬明镜青天上，
独照长门宫里人。

TRISTEZA DENTRO
DE LA MAGNA PUERTA
II

El Salón de la Canela,

siempre lleno de tristeza,

ya no conoce las primaveras.

Toda la Alcoba Dorada

está cubierta de polvos de otoños.

La noche cuelga su espejo

en el azul del alto cielo,

para alumbrar solo a la dueña

del Palacio de la Magna Puerta.

待酒不至

玉壶系青丝，沽酒来何迟。
山花向我笑，正好衔杯时。
晚酌东窗下，流莺复在兹。
春风与醉客，今日乃相宜。

ESPERANDO EL VINO, QUE NO VIENE

Se ha ido a comprar vino

con una jarra de jade,

ligada con seda negra.

¿Qué pasa? ¿Por qué tarda tanto?

Las flores de la montaña,

sonriendo, coquetean conmigo.

Sería el mejor momento

para llevarse la copa a los labios.

Cuando cae la tarde,

beberé junto a la ventana de este,

con las oropéndolas vagabundas

que estarán regresando.

En un día tan hermoso,

¿podría haber mejor pareja

que este viejo bebedor

y el aura de primavera?

乌夜啼

黄云城边乌欲栖，归飞哑哑枝上啼。
机中织锦秦川女，碧纱如烟隔窗语。
停梭怅然忆远人，独宿孤房泪如雨。

GRAZNIDOS NOCTURNOS
DE LOS CUERVOS

Nubes amarillas flotan

encima de las murallas.

Los negros cuervos retornan

y graznan sobre las ramas.

Tras la nebulosa cortina,

murmura la joven esposa,

inmersa en la melancolía.

Detiene la lanzadera y añora

a su amado que está en tierra lejana.

Caen como lluvia sus lágrimas

en la soledad de su alcoba.

谢公亭

谢亭离别处，风景每生愁。
客散青天月，山空碧水流。
池花春映日，窗竹夜鸣秋。
今古一相接，长歌怀旧游。

EL PABELLÓN DEL SEÑOR XIE[1]

Cada vez que contemplo el albergue de Xie,

me embarga la tristeza.

Los visitantes ya han vuelto a sus casas.

La luna argenta el azul del cielo.

Entre los montes desiertos

corren aguas de esmeralda.

Las flores del estanque se abren

bajo el sol de la primavera.

De noche, frente a la ventana,

los bambúes cantan el otoño.

Aquí se identifican

el presente y el pasado,

y mis canciones suenan a nostalgia.

---

1. Se refiere a Xie Tiao (464 – 499), famoso poeta de la dinastía Qi del sur.

送杨山人归嵩山

我有万古宅，嵩阳玉女峰。

长留一片月，挂在东溪松。

尔去掇仙草，菖蒲花紫茸。

岁晚或相访，青天骑白龙。

DESPIDIENDO AL ERMITAÑO YANG QUE REGRESA AL MONTE SONG

Tengo una morada de miles de años:

el Pico de la Dama de Jade de Song.

Retiene siempre a la luna,

que, colgada del pino del arroyo del Este,

no deja de alumbrarlo nunca.

Te vas ahora, amigo mío,

por hierbas de la inmortalidad,

por ácoros y aneas purpúreas.

A fines del año iré a verte.

Daremos un paseo,

en un blanco dragón,

por el azul del cielo.

清平乐

烟深水阔，
音信无由达。
惟有碧天云外月，
偏照悬悬离别。
尽日感事伤怀，愁眉似锁难开。
夜夜长留半被，待君魂梦归来。

SEGÚN LA MELODÍA *QINGPINGYUE*

Ríos y montes infinitos.

Brumas y nieblas insondables.

Ni una carta, ni un solo mensaje.

Solo la luna, desde las nubes del cielo azul,

nos alumbra y une a mí y mi amado,

separados por mil leguas.

Todos los días, la añoranza

me tienen fruncidas las cejas.

Todas las noches, te dejo

la mitad de la cama y de la manta,

para cuando vuelvas, aunque sea en sueños.

菩萨蛮

平林漠漠烟如织，寒山一带伤心碧。
暝色入高楼，有人楼上愁。
玉阶空伫立，宿鸟归飞急。
何处是归程，长亭更短亭。

SEGÚN LA MELODÍA *PUSAMAN*

Una gasa de nieblas vela infinitos bosques.
Los montes gélidos derraman un verdor de tristeza.
El crepúsculo envuelve el alto pabellón,
morada de una joven melancólica.

Vana espera en la escalinata de jade.
Los pájaros vuelan presurosos a sus nidos.
¿Por dónde regresará el ser más querido?
Quioscos y quioscos a lo largo del camino.

长相思 （其三）

美人在时花满堂，

美人去时馀空床。

床中锈被卷不寝，

至今三载闻馀香。

香亦竟不灭，人亦竟不来。

相思黄叶尽，白露湿青苔。

AÑORANZAS INTERMINABLES

III

Cuando estabas conmigo,

las flores llenaban la casa.

Al irte, dejaste el lecho vacío.

La manta bordada que habías doblado

permanece intacta.

Tres años han transcurrido,

pero tu fragancia no se disipa.

Pienso en ti, y de los árboles caen hojas amarillas.

Lloro, y sobre el verde musgo brilla el rocío.

入清溪行山中

轻舟去何疾！已到云林境[1]。

起坐鱼鸟间，动摇山水影。

岩中响自合，溪里言弥[2]静。

无事令人幽，停桡向余景[3]。

---

1. 云林境：白云悠游、山林苍翠的境地。
2. 弥：更加。
3. 桡：桨。余景：夕阳的余晖。

EN EL ARROYO LÍMPIDO,
ENTRE MONTAÑAS

¡Qué ligera y rauda nuestra barca!

En un solo instante nos lleva a un mundo

entre bosques exuberantes y nubes blancas,

sentados entre peces y aves,

sobre las aguas en que flotan las montañas.

Los ecos resuenan entre los peñascos,

y un profundo silencio reina en el arroyo.

¡Qué tranquilidad tan placentera!

Dejamos los remos y admiramos

los últimos rayos del ocaso.

与夏十二登岳阳楼

楼观岳阳尽，川迥洞庭开。
雁引愁心去，山衔好月来。
云间连下榻，天上接行杯。
醉后凉风起，吹人舞袖回。

EN EL PABELLÓN DE YUEYANG CON XIA EL DECIMOSEGUNDO[1]

Desde lo alto del pabellón,

nuestra vista abarca

toda la ciudad de Yueyang.

Serpenteando, un río parte de Dongting.

Los ánsares se llevan

nuestras melancolías.

Las montañas nos ofrecen

una luna fascinante.

Pasamos la noche entre las nubes.

Alzamos nuestras copas

en lo alto del cielo.

Estamos embriagados.

Empezamos a bailar

con la brisa fresca que se alza

y que agita nuestras mangas.

---

1. Amigo del autor apellidado Xia que tenía once hermanos mayores.

哭宣城善酿纪叟

纪叟黄泉里，
还应酿老春。
夜台无李白，
沽酒与何人？

LLORANDO LA DESAPARICIÓN DE MI GRAN AMIGO JI, EXCELENTE DESTILADOR DE VINO

Seguirá destilando mi amigo Ji

su famoso Laochun en el más allá.

Mas si Li Bai no está allí,

¿a quién se lo venderá?

战城南

去年战，桑干源。

今年战，葱河道。

洗兵条支海上波，

放马天山雪中草。

万里长征战，三军尽衰老。

匈奴以杀戮为耕作，

古来唯见白骨黄沙田。

秦家筑城避胡处，汉家还有烽火燃。

烽火燃不息，征战无已时。

野战格斗死，败马号鸣向天悲。

鸟鸢啄人肠，衔飞上挂枯树枝。

士卒涂草莽，将军空尔为。

乃知兵者是凶器，

圣人不得已而用之。

SEGÚN LA MELODÍA
COMBATE AL SUR DE LA CIUDAD

El año pasado, luchamos
en el Origen de la Mora,
y este año, en el río del Puerro.
Hemos lavado los sables
en la espuma de los mares,
y ahora pastan nuestros caballos
en las nieves del monte Celeste.
Largas expediciones y combates
han envejecido a todos los soldados.

Para los hunos, guerrear y matar
es igual que sembrar,
y la única cosecha son huesos blancos
sobre las arenas amarillas.
En Qin se construyó la Gran Muralla
para defenderse de los tártaros.
En Han se levantaron atalayas,

y hoy aún arden sus señales de fuego:
Las prolongadas campañas y guerras
no terminan nunca.
En los campos de batalla,
los hombres se despedazan.
Los caballos sin jinete
lanzan tristes quejidos al cielo.
Gavilanes y cuervos arrancan
entrañas humanas y las dejan
colgadas en ramas desecadas.
La sangre de los soldados
enrojece la pradera.
Y los generales no pueden hacer nada.
Sabed, pues, que la espada es perversa;
los virtuosos no la empuñarán
sino cuando se vean forzados.

越中览古

越王勾践破吴归，
义士还乡尽锦衣。
宫女如花满春殿，
只今惟有鹧鸪飞。

VISITA A LAS RUINAS DE YUE

Derrotados los de Wu,

el rey de Yue regresó triunfante,

y sus guerreros se cubrieron de seda.

Damas como flores llenaban

su palacio de primavera,

ruinas en que vuelan hoy día

solo unas perdices furtivas.

采莲曲

若耶溪傍采莲女，笑隔荷花共人语。

日照新妆水底明，风飘香袂[1]空中举。

岸上谁家游冶郎[2]，三三五五映垂杨。

紫骝[3]嘶入落花去，见此踟蹰空断肠。

---

1. 袂：衣袖。
2. 游冶郎：出游寻乐的青年男子。
3. 紫骝：毛色枣红的良马。

RECOLECCIÓN DE LOTOS

Junto al arroyo de Ruoye

las doncellas recogen lotos.

Entre las flores se escuchan sus risas.

El sol ilumina sus ropas nuevas,

que se reflejan en el cristal del agua.

Con la brisa, ondulan

sus mangas perfumadas.

¿Quiénes son esos jóvenes

que, en grupos de tres o cuatro,

pasean montando pardos caballos

por entre sauces llorones de la ribera?

Entre relinchos pasan de largo

pisando los pétalos caídos.

Decepcionadas, las doncellas

se entristecen en vano.

军　行

骝马新跨白玉鞍，
战罢沙场月色寒。
城头铁鼓声犹震，
匣里金刀血未干。

MARCHA MILITAR

Montados sobre sus alazanes
en sillas tachonadas de jade blanco,
trotan en el campo de batalla,
inundado de frígidas luces de luna.
Ha finalizado ya el combate.
Los ecos de los tambores
siguen tronando desde la muralla.
No se ha secado aún la sangre
en sus espadas de oro envainadas.

清溪行

清溪清我心，水色异诸水。
借问新安江，见底何如此？
人行明镜中，鸟度屏风里。
向晚猩猩啼，空悲远游子。

MI VIAJE POR EL ARROYO LÍMPIDO

¡Cómo me purifica el corazón

el agua del Arroyo Límpido,

tan distinta de las otras!

¿Tendrá esta transparencia el Xin'an,

famoso río cristalino?

La gente anda sobre el espejo.

Las aves vuelan y dan vueltas

por entre dos hermosos biombos.

En el ocaso oigo aullar los monos.

¡Qué triste queda el viajero!

寄远（其六）

阳台隔楚水，春草生黄河。
相思无日夜，浩荡若流波。
流波向海去，欲见终无因。
遥将一点泪，远寄如花人。

A MI AMOR LEJANO
VI

Contemplo desde mi terraza

y veo que el río Chu me separa de ti.

Las hierbas de primavera

reverdecen las riberas del río Amarillo.

Mis añoranzas no cesan

ni de día ni de noche.

Impetuosas, se convierten en olas

que se precipitan hacia la mar.

Anhelo verte, pero no puedo.

Tengo que conformarme con enviarte,

a ti, mi lejana belleza, una lágrima.

秋 思

燕支黄叶落，妾望自登台。

海上碧云断，单于秋色来。

胡兵沙塞合，汉使玉关回。

征客无归日，空悲蕙草摧[1]。

---

1. 蕙草：香草名。这里泛指花草。

NOSTALGIAS OTOÑALES

Montañas de Yanzhi se visten de hojas amarillas.

Desde allí una joven mujer contempla Baideng.

Nubes oscuras se ciernen sobre la vasta tierra.

En este otoño las tropas tártaras

se han agrupado en Shasai y avanzan.

Nuestro mensajero se va deprisa

del Paso de Jade con la noticia.

Imposible saber cuándo podrá

el amado regresar de la guerra.

Ve triste, hierbas y flores marchitas.

戏赠杜甫

饭颗山头逢杜甫，
顶戴笠子日卓午。
借问别来太瘦生，
总为从前作诗苦。

BROMEANDO CON DU FU

Veo a Du Fu en la cumbre del monte de Fanke,

con sombrero de bambú, bajo el sol de mediodía.

¡Cuánto tiempo sin vernos! Te encuentro, amigo, muy delgado.

¿Habrás sufrido escribiendo tanta poesía?

越女词（其三）

耶溪采莲女，
见客棹歌回。
笑入荷花去，
佯羞不出来。

CANCIÓN DE LAS MOZAS DE YUE

III

Corta lotos una joven

en un arroyo de Ruoye.

Al ver a un extraño

rema para atrás cantando.

Ríe y se refugia entre las flores.

Con pudor fingido no aparece de nuevo.

常建

CHANG JIAN (708 – 765)

Oriundo de Chang'an, fue aprobado en los exámenes imperiales junto con Wang Changling en 727 y destinado a un puesto oficial de poca importancia en un distrito de la provincia de Jiangsu. Sintiéndose frustrado en su carrera política, se retiró a vivir como bohemio taoísta, visitando sitios turísticos, y al final se estableció en Wuchang, provincia de Hubei de hoy día.

Sus poemas describen la belleza de la naturaleza y la vida en el campo y revelan sus ideas taoístas. Con expresiones sencillas transmiten un intenso sentimiento de paz y tranquilidad. Nos dejó *Antología de Chang Jian*.

宿王昌龄隐居

清溪深不测，隐处惟孤云。
松际露微月，清光犹为君。
茅亭宿花影，药院滋苔纹。
余亦谢时去，西山鸾鹤群。

PERNOCTANDO EN LA CABAÑA EREMÍTICA DE WANG CHANGLING

Arroyo cristalino,

profundo, insondable.

Vives en tu eremítica cabaña

junto con una nube solitaria.

Por entre espesos pinos se ha asomado,

en silencio, una luna apacible,

tu amiga predilecta.

La cabaña de paja alberga

las sombras de sosegadas flores.

El jardín de plantas medicinales

se ve tapizado de un musgo perlado de rocío.

Algún día haré lo mismo que tú

y viviré en la Sierra del Poniente,

entre las aves fénix y las grullas.

题破山寺后禅院

清晨入古寺，初日照高林。
竹径通幽处，禅房花木深。
山光悦鸟性，潭影空人心。
万籁此都寂，但馀钟磬音。

INSCRITO EN LA CAPILLA DE MEDITACIÓN *CHAN* DETRÁS DEL TEMPLO POSHAN

Con el frescor de la aurora,

entro en el antiguo templo.

El sol naciente se eleva

dorando los altos árboles.

Una senda serpenteante

me lleva a un sitio apacible:

celda de meditaciones

entre flores y follajes.

El resplandor de los montes

regocija el trinar de aves.

Los reflejos del estanque

me purifican el alma.

Se han extinguido mil ruidos.

Solo se escuchan tañidos

de una serena campana.

刘长卿

LIU CHANGQING (LIU CHANGCHING) (726 – 786)

Nombre social: Wenfang. Natural de Xuancheng, provincia de Anhui, obtuvo el título de *jinshi* en 733 y empezó a trabajar como funcionario público, llegando hasta el puesto de alcalde de Suizhou en 781, distrito que abandonó en 784 en tiempos caóticos de guerra.

Sus poemas describen las decepciones que sufrió en su carrera política, los desastres de la guerra y especialmente la belleza del paisaje. Su fama se debe a sus *lüshi* (octavas estrictamente reglamentadas) de exaltación de la naturaleza, y sus obras están reunidas en *Antología de Suizhou Liu*.

寻南溪常道士

一路经行处，莓苔见屐痕。
白云依静渚，芳草闭闲门。
过雨看松色，随山到水源。
溪花与禅意，相对亦忘言。

VISITA AL MONJE TAOÍSTA CHANG, EN NANXI

A lo largo del camino cubierto de musgo,

veo huellas de sandalias.

Nubes blancas circundan la silenciosa isla.

Fragantes hierbas traban tu puerta desusada.

Pasada la lluvia, el verde esplendor del pinar.

Siguiendo el sendero llego adonde brota el agua.

Flores en el arroyo. La verdad de *chan*[1].

Nos vemos. Frente a frente, sin palabras.

---

1. *Chan* es una escuela budista, conocido también como *zen* en español. Según dicha escuela, mediante la contemplación se puede alcanzar el estado de iluminación.

逢雪宿芙蓉山主人

日暮苍山远，
天寒白屋贫。
柴门闻犬吠，
风雪夜归人。

NOCHE DE NIEVE, HOSPEDADO
EN LA MONTAÑA DE LOTOS

Sol en ocaso. Lejanas las verdes montañas.

Cielo frígido. Miserables las casas blancas.

Ante la puerta enramada,

ladra alguno que otro perro:

Alguien regresa de noche

contra la nieve y el viento.

送灵澈上人

苍苍竹林寺，
杳杳钟声晚。
荷笠带斜阳，
青山独归远。

DESPIDIENDO AL MONJE
BUDISTA LINGCHE

Verde, verde el templo de los Bambúes.

Tintín, tintín profundo de la campana

al caer la tarde.

Con el sombrero de paja a la espalda,

cargado de luces arreboladas,

te vas alejando solo

de regreso a tu casa entre montañas.

杜甫

DU FU (TU FU) (712 – 770)

Nombre social: Zimei. Sobrenombre: Shaoling. Nieto de Du Shenyan (648-708), famoso poeta de la dinastía Tang inicial, nació en 712 en Gongxian, provincia de Henan, en una familia de funcionarios. Desde los siete años comenzó a escribir poemas. En 732 emprendió sus viajes de bohemio recorriendo el sur del río Yangtsé. En 746 llegó a la capital y fracasó en dos exámenes imperiales debido a los fraudes del primer ministro Li Linfu, que ordenó que no aprobaran a ninguno de los concursantes. Du Fu pasó casi diez años allí en una situación económica pésima. En 755 le dieron el puesto de jefe militar comarcal de Hexi, un cargo que no le gustó y rechazó.

En ese año estalló la rebelión de An Lushan, y Du Fu tuvo que huir con su familia hacia el norte. En el camino fue capturado y encarcelado por los rebeldes. En abril de 757 logró escaparse, se marchó a Fengxian, se unió al emperador Xiao Zong y fue designado Consejero Imperial. Pero cumpliendo con su deber con seriedad, criticó al monarca, lo que le valió un destierro. Poco después fue rehabilitado y en 759 renunció a su cargo y se llevó la familia a Qinzhou (Tianshui), más tarde a Tonggu, y finalmente a Chengdu, de Sichuan. En abril de 765 abandonó la ciudad, y más tarde, la provincia, para huir de las guerras. Inició el viaje para regresar a su pueblo natal, pero falleció en 770 en un barco. Pasó casi toda la vida en la miseria.

Los temas de la creación literaria de Du Fu son múltiples. Aparte de la exaltación de la naturaleza, la amistad, la nostalgia, el amor y otros contenidos generalizados de la poesía de su época, destaca por la denuncia y la protesta contra las injusticias sociales, o sea, contra la corrupción de los mandarines, las diferencias abismales entre la pobreza de los humildes y la opulencia en que vivían las clases privilegiadas y los sufrimientos del pueblo a causa de las guerras. Sus obras son calificadas por los críticos como "historia en poesía", ya que son un fiel espejo de la realidad de su época.

En lo técnico es muy alabado por todos los expertos: lenguaje preciso, expresivo, conciso y condensado, palabras bien medidas, perfección del empleo de todas las formas de la versificación china, tanto en el estilo antiguo como en el moderno, y gran maestría en sus *guti shi* (estilo antiguo) y *lüshi* (octavas de estilo moderno) y en el uso de los diversos recursos técnicos. Ejerció una influencia trascendental sobre los poetas de su época y de las generaciones posteriores. Es el máximo artífice de la poesía clásica china, junto con Li Bai.

望 岳

岱宗夫如何？齐鲁青未了。

造化钟神秀，阴阳割昏晓。

荡胸生层云，决眦入归鸟。

会当凌绝顶，一览众山小。

CONTEMPLANDO LA MONTAÑA TAI[1]

¡Oh Tai, montaña sagrada,

qué podría decir de ti!

Tu infinito verdor cubre los reinos Qi y Lu.

El Creador concentra aquí

todas sus gracias y magia.

Tus dos vertientes, soleada y sombría,

ofrecen a la vez crepúsculo y alba.

Las nubes que flotan ensanchan mi pecho.

Las aves que vuelven me extasían la vista,

clavada en la lontananza.

Algún día he de alcanzar tu altanera cima

y veré a mis pies menudas todas las montañas.

---

1. La montaña Tai (Taishan), ubicada en la provincia de Shandong, es la primera de las cinco montañas
más famosas en la tradición china, seguida de Hengshan (de Hunan), Huashan (de Shaanxi),
Hengshan (de Shanxi) y Songshan (de Henan).

春 望

国破山河在，

城春草木深。

感时花溅泪，

恨别鸟惊心[1]。

烽火连三月，

家书抵万金。

白头搔更短，

浑欲不胜簪。

---

1. 由于原文的简练，这两句诗讲的时代的悲剧，既可以理解为诗人或人们受到巨大震撼，也可以理解为花要为之落泪，鸟为之惊心。我们的西语译文采用了前一种理解，但在译文注解中指出了按另一种理解的译文。

CONTEMPLACIÓN PRIMAVERAL

Me han destrozado la patria.

Solo quedan sus ríos y montañas.

La ciudad en primavera:

mar de arbustos y malezas.

Tristeza por esta época:

Las flores que se abren me arrancan lágrimas.

Angustia por las ausencias:

El canto de los pájaros me estremece el alma.[1]

Durante tres meses han ardido las llamas de guerra.

Mil monedas de oro vale una carta de la familia.

Al rascarme el pelo blanco lo hallo ralo.

¿Podrá sostener todavía la horquilla?

---

1. Debido a la concisión del original, estos cuatro versos se prestan a una doble interpretación, y la otra versión que ofrecemos es: «Tristeza por esta época: / Flores bañadas en lágrimas (Las flores lloran conmigo) / Angustia por las ausencias: / Los pájaros también sienten estremecido el corazón.» O sea, puede entenderse que incluso las flores y los pájaros son afectados por la desastrosa situación, al igual que el poeta y la gente.

月 夜

今夜鄜州月，闺中只独看。

遥怜小儿女，未解忆长安。

香雾云鬟湿，清辉玉臂寒。

何时倚虚幌，双照泪痕干？

UNA NOCHE DE LUNA

Esta noche, noche de luna, en Fuzhou[1],

la contemplarás sola en tu aposento.

Mientras nuestros hijitos, tan pequeños,

aún no saben compartir tu añoranza.

La neblina perfumada

humedece las nubes de tus cabellos.

La luz de la luna enfría

tus brazos de blanco jade.

¿Cuándo podremos estar juntos,

bajo la cortina bordada,

iluminados por la luna,

hasta que nos seque las lágrimas?

---

1. El autor escribió este poema en prisión en Chang'an, mientras su familia vivía en Fuzhou.

羌村（其一）

峥嵘赤云西，日脚下平地。

柴门鸟雀噪，归客千里至。

妻孥怪我在，惊定还拭泪。

世乱遭飘荡，生还偶然遂。

邻人满墙头，感叹亦歔欷。

夜阑更秉烛，相对如梦寐。

LA ALDEA QIANG

I

Nubes púrpura del Oeste flotan

sobre las altas montañas.

El sol desciende al nivel del horizonte.

En las puertas enramadas

bullen los gorriones.

Recorridas mil leguas, vuelvo a casa.

Mi esposa se asombra

de verme sano y salvo

y, al salir de su sorpresa,

se enjuga las lágrimas.

La guerra fue la causa de mi vagar.

Si pude sobrevivir, fue mucha suerte.

Los vecinos asoman sus cabezas

sobre el muro por todos lados.

Me saludan entre suspiros,

sollozos y lamentos.

Avanzada la noche, alumbrados

por una vela tras otra,

mi esposa y yo nos miramos

cara a cara, como en sueños.

春夜喜雨

好雨知时节，当春乃发生。
随风潜入夜，润物细无声。
野径云俱黑，江船火独明。
晓看红湿处，花重锦官城。

JÚBILO POR LA LLUVIA
DE UNA NOCHE PRIMAVERAL

¡Qué lluvia más oportuna! Bienvenida.

Llegas justamente en la primavera.

Con la brisa, te deslizas en la noche negra.

Callada, humedeces repartiendo lozanía.

Oscuras las nubes y las sendas.

Solo brilla la luz de un barco que llega.

La ciudad Brocado[1] amanece entre flores encarnadas,

que, empapadas, agachan sus pesadas cabezas.

---

1. Se refiere a Chengdu.

旅夜书怀

细草微风岸，危樯独夜舟。
星垂平野阔，月涌大江流。
名岂文章著，官因老病休。
飘飘何所似？天地一沙鸥。

REFLEXIONES EN UNA NOCHE DE VIAJE

Brisa, hierba tierna mecida en la ribera.

Noche, alto mástil, una barca muy sola.

Sobre el extenso llano cuelgan unas estrellas.

En el gran río fluye la luna entre las olas.

¿Me viene, acaso, la fama solo de mis versos?

Viejo y enfermo, ¡que el mandarín desaparezca!

Hoja errante por los aires, ¿a qué me semejo?

Una gaviota entre el cielo y la tierra.

登 高

风急天高猿啸哀，渚清沙白鸟飞回。
无边落木萧萧下，不尽长江衮衮来。
万里悲秋常作客，百年多病独登台。
艰难苦恨繁霜鬓，潦倒新停浊酒杯。

ASCENSIÓN

Viento furioso, cielo alto.

Tristes, los monos chillando.

Islote, agua clara, blanca arena.

Las aves vuelan, dando vueltas.

Bosque ilimitado. Caen las hojas

susurrando, silbando.

Yangtsé interminable. Corren sus olas

tumultuosas, arrolladoras.

Leguas y leguas he viajado

en este otoño melancólico.

Años y años de males pesan

al subir solo a la terraza.

Ya es nívea mi cabellera

con tantas penas y congojas.

Acosado por la pobreza,

tengo que dejar ya mi copa.

绝 句

两个黄鹂鸣翠柳，
一行白鹭上青天。
窗含西岭千秋雪，
门泊东吴万里船。

CUARTETA

Dos amarillas oropéndolas

cantan en el sauce esmeralda.

Una hilera de garzas blancas

se lanzan al azul celeste.

Mi ventana enmarca el Monte Poniente

con sus mil inviernos de nieve.

Mi puerta saluda a barcos que se anclan,

llegados del remoto Wu del Este.

[提示] 杜甫的诗特别注意对仗的使用，这种结构美是中国诗歌的重要特点，应尽可能转达。我们的译文做到了这一点。

田 舍

田舍清江曲，柴门古道旁。

草深迷市井，地僻懒衣裳。

榉柳枝枝弱，枇杷树树香。

鸬鹚西日照，晒翅满鱼梁。

MI CABAÑA DEL CAMPO

En redor de mi cabaña del campo,

serpea un arroyo diáfano.

Ante mi puerta enramada,

pasa un antiguo camino.

Altas hierbas ocultan el mercado.

En una aldea tan apartada,

no hay que cuidar el modo de vestir.

Frágiles las ramas de los sauces.

Fragantes los árboles de nísperos.

Ante el sol poniente, los cormoranes,

que inundan el dique de pesca,

se secan sus alas.

江 村

清江一曲抱村流，长夏江村事事幽。
自去自来梁上燕，相亲相近水中鸥。
老妻画纸为棋局，稚子敲针作钓钩。
但有故人供禄米，微躯此外更何求？

ALDEA JUNTO AL RÍO

Serpea un río diáfano
abrazando la aldea.
Largo día en verano.
Todo es paz y calma.
Las golondrinas, caprichosas,
van y vienen desde las vigas.
Las gaviotas, muy cariñosas,
se acompañan a ras del agua.

Mi vieja esposa dibuja
un tablero en un papel.
Mi hijito dobla una aguja
para hacer un anzuelo.
Mientras mi viejo amigo, con su sueldo,
me siga proporcionando alimentos,
¿qué más podrá pedir mi humilde cuerpo?

江畔独步寻花（其一）

江上被花恼不彻，
无处告诉只颠狂。
走觅南邻爱酒伴，
经旬出饮独空床。

PASEANDO SOLO POR LA ORILLA DEL RÍO EN BUSCA DE FLORES

I

En la ribera, las flores me hechizan.

¿Con quién voy a hablar? Me enloquecería.

Busco a mi vecino del sur, amigo de copas.

Casa vacía. Salió a beber hace diez días.

江畔独步寻花（其五）

黄师塔前江水东，
春光懒困倚微风。
桃花一簇开无主，
可爱深红爱浅红？

PASEANDO SOLO POR LA ORILLA DEL RÍO EN BUSCA DE FLORES V

Delante de la pagoda,

el río corre hacia el este.

La brisa de primavera

me acaricia y me adormece.

Las flores de durazneros sin dueño

se abren seductoras.

Dime, ¿qué color prefieres,

grana o rosa?

宿江边阁

瞑色延山径，高斋次水门。
薄云岩际宿，孤月浪中翻。
鹳鹤追飞静，豺狼得食喧。
不眠忧战伐，无力正乾坤。

PERNOCTANDO EN EL PABELLÓN A LA ORILLA DEL RÍO

Oscuridad en las sendas de la montaña.

Se alza un pabellón a la orilla del río.

Nubes tenues reposan en los riscos.

La solitaria luna rueda entre las olas.

Las cigüeñas, una tras otra,

se alejan en silencio.

Los lobos que se disputan la presa

aúllan con furor.

Preocupado por motines y guerras

e impotente para cambiar esta situación,

paso la noche en vela.

赠花卿

锦城丝管日纷纷，
半入江风半入云。
此曲只应天上有，
人间能得几回闻。

PARA HUA JINGDING

Alegres melodías regocijan
la ciudad del Brocado[1].
Llevadas por la brisa,
se remontan a las nubes
y parecen ser del cielo.
¿Cuántas veces podrían escucharlas
los hombres de la tierra?

---

1. Es el sobrenombre de la ciudad de Chengdu, y Hua Jingding era el general de la tropa allí acantonada.

南 邻

锦里先生乌角巾，园收芋栗未全贫。

惯看宾客儿童喜，得食阶除鸟雀驯。

秋水才深四五尺，野航恰受两三人。

白沙翠竹江村暮，相送柴门月色新。

EL VECINO DEL SUR

El señor de Jinli siempre lleva

su turbante negro de ermitaño.

Con su huerto de batatas y castañas,

no tiene que vivir en la miseria.

Suele tener invitados,

y a su hijo le encanta atenderlos.

Los pájaros del porche,

al conseguir comida,

no se asustan ni echan a volar.

En otoño, las aguas son poco profundas.

Me lleva a dar un paseo.

Apenas cabemos tres

en la diminuta barquichuela.

Duna blanca, bambúes de esmeralda.

Ocaso en la aldea de la orilla del arroyo.

Bajo la luna que acaba de salir,

nos despedimos en la puerta enramada.

石壕吏

暮投石壕村，有吏夜捉人。
老翁逾墙走，老妇出门看。
吏呼一何怒！妇啼一何苦！
听妇前致词："三男邺城戍。
一男附书至，二男新战死。
存者且偷生，死者长已矣！
室中更无人，惟有乳下孙。
有孙母未去，出入无完裙。
老妪力虽衰，请从吏夜归。
急应河阳役，犹得备晨炊。"
夜久语声绝，如闻泣幽咽。
天明登前途，独与老翁别。

EL OFICIAL RECLUTADOR DE SHIHAO

Al caer la tarde, encontré albergue en la aldea.

De noche, vino un oficial buscando reclutas.

El anciano huésped huyó saltando la cerca,

y su mujer salió a abrir la puerta.

¡Cuán furiosos los gritos del militar!

¡Cuán amargo el llanto de la anciana!

Escuché las tristezas que narraba:

"Tengo tres hijos, que fueron a Yecheng

para defender el pueblo.

Uno de ellos me ha mandado una carta.

Me dice que sus hermanos

han muerto en un combate.

Y al que ahora sobrevive,

Dios sabe cuándo le toque

una suerte semejante.

Para los muertos todo ha terminado.

Aquí solo tengo a un nieto, un bebé,

con su madre, que no puede salir

con su ropa hecha harapos.

Aunque soy muy vieja y no tengo fuerzas,

iré con usted a Heyang esta misma noche,

y ayudaré en la cocina.

Prepararé el desayuno para los soldados".

Avanzadas las horas, se apagan las voces.

Percibo sin embargo sollozos ahogados.

Al alba reanudo mi viaje.

Solo me despido del anciano.

东屯北崦

盗贼浮生困，诛求异俗贫。

空村惟见鸟，落日未逢人。

步壑风吹面，看松露滴身。

远山回白首，战地有黄尘。

ALDEA ORIENTAL EN LA COLINA DEL NORTE

Los atroces bandidos y ladrones

hacen imposible esta vida

llena de incertidumbre.

Exorbitantes tributos

han sembrado la miseria.

En la aldea desierta

no veo sino aves.

Ya declina la tarde,

y no encuentro ni un alma.

Camino por el torrente.

El viento me azota la cara.

Contemplando los pinos,

quedo mojado con el rocío.

Al volver mi cabeza blanca

a las montañas lejanas,

vislumbro nubes de humo

sobre el campo de batalla.

画　鹰

素练风霜起，苍鹰画作殊。
攫身思狡兔，侧目似愁胡。
绦镟光堪摘，轩楹势可呼。
何当击凡鸟，毛血洒平芜。

EL HALCÓN PINTADO

Se levanta un viento frío de la seda blanca:

Singular pintura la del halcón.

Listo para cazar una liebre astuta

con las alas alzadas.

De perfil, los ojos de un mono triste.

Atado por un cordelillo de seda

al brillante palo bajo el alero,

parece esperar un silbido

para lanzarse al vuelo.

Si lo dejaran atacar aves indefensas,

plumas y sangre se esparcirían

por la inmensa pradera.

孤 雁

孤雁不饮啄，飞鸣声念群。
谁怜一片影，相失万重云？
望尽似犹见，哀多如更闻。
野鸦无意绪，鸣噪自纷纷。

EL ÁNSAR DESBANDADO

Desbandado, el ánsar no bebe ni come.

Solo vuela lamentando a ras de tierra,

anhelando unirse con sus compañeros.

¿Quién se compadece de su solitaria sombra,

en la mar de nubes perdida?

Los busca esforzando la vista,

y le parece divisarlos.

Oye ecos de sus propios quejidos

y le parecen respuestas de sus amigos.

Mientras los cuervos, insensibles,

no cesan en sus bulliciosos graznidos.

白　帝

白帝城中云出门，白帝城下雨翻盆。

高江急峡雷霆斗，古木苍藤日月昏。

戎马不如归马逸，千家今有百家存。

哀哀寡妇诛求尽，恸哭秋原何处村？

LA CIUDAD DE BAIDI

Sobre la puerta de Baidi se ciernen nubes negras.

Al pie de la ciudad cae una lluvia fuerte.

Un alto río se precipita por las gargantas

tronando en las montañas ribereñas.

Añosos árboles y viejas lianas quedan a oscuras:

Se ensombrecen el sol y la luna.

Los caballos de guerra sufren más

que los de labranza y bestias de carga.

De las mil familias que había

solo cien sobreviven.

Despojadas de todos sus bienes,

las viudas lloran desconsoladas.

En la llanura otoñal se escuchan

estremecedores llantos y quejas.

¿Quién podrá saber en qué aldea?

又呈吴郎

堂前扑枣任西邻，无食无儿一妇人。
不为困穷宁有此？只缘恐惧转须亲。
即防远客虽多事，便插疏篱却甚真。
已诉征求贫到骨，正思戎马泪盈巾。

NUEVA CARTA DIRIGIDA A WU

Deja, por favor, a vuestra vecina

recoger los dátiles del patio.

Es una pobre viuda, sin hijos,

sin recursos, sin amparo.

Es la miseria lo que la obliga.

Sé bondadoso y afectuoso con ella.

Tiene miedo y está avergonzada.

El seto le ha despertado recelos,

mas no deberá desconfiar del vecino.

Me han dicho que con tantos,

tantísimos tributos,

la gente está tan estrujada

como limón sin jugo.

Pensando en las catástrofes de la guerra,

tengo los ojos anegados en lágrimas.

水槛遣心

去郭轩楹敞，无村眺望赊。
澄江平少岸，幽树晚多花。
细雨鱼儿出，微风燕子斜。
城中十万户，此地两三家。

CONTEMPLACIÓN DESDE LA BARANDILLA JUNTO AL AGUA, CON EL CORAZÓN DESAHOGADO

Lejos de la ciudad, un mirador amplio.

Sin ninguna aldea que estorbe la vista,

contemplo y diviso la lejanía.

Aguas diáfanas del río casi rebosan el cauce.

Innumerables flores se abren en árboles crepusculares.

Lluvia fina. Alegres brincos de los pececillos.

Brisa suave. Vuelo oblicuo de las golondrinas.

En la ciudad, miles de casas.

Aquí, dos o tres familias.

曲江二首（其一）

一片花飞减却春，风飘万点正愁人。
且看欲尽花经眼，莫厌伤多酒入唇。
江上小堂巢翡翠，苑边高冢卧麒麟。
细推物理须行乐，何用浮荣绊此身？

EL RÍO SERPENTEANTE

I

Un pétalo de flor vuela:

Se esfumó una triza de la primavera.

El viento se lleva mil briznas de pétalos.

¡Qué tristeza más profunda!

Miro con resignación las flores moribundas.

¡Que el vino no se aparte de mis labios,

aunque me haga daño!

Junto al río, en los quioscos,

se anidan los estorninos.

En las tumbas de los poderosos,

reposan unicornios de piedra.

Considerada bien la lógica de las cosas,

hay que disfrutar de la vida,

y no dejarnos amarrar

por las vanas glorias mundanas.

自京赴奉先县咏怀五百字

杜陵有布衣[1]，老大意转拙。

许身一何愚，窃比稷与契。

居然成濩落，白首甘契阔[2]。

盖棺事则已，此志常觊豁。

穷年忧黎元，叹息肠内热。

取笑同学翁，浩歌弥激烈。

非无江海志，潇洒送日月。

生逢尧舜君，不忍便永诀。

当今廊庙具[3]，构厦岂云缺。

葵藿倾太阳，物性固莫夺。

顾惟蝼蚁辈，但自求其穴。

胡为慕大鲸，辄拟偃溟渤？

以兹误生理，独耻事干谒。

兀兀遂至今，忍为尘埃没。

终愧巢与由[4]，未能易其节。

沉饮聊自遣，放歌破愁绝。

岁暮百草零，疾风高冈裂。

---

1. 杜陵：杜甫祖籍杜陵，常自称少陵野老或杜陵布衣。布衣：平民。
2. 濩（hù）落：即廓落，大而无用的意思。契阔：辛勤劳苦。
3. 廊庙具：治国之人才。
4. 巢与由：巢父、许由，尧时的隐士。

天衢阴峥嵘[1]，客子中夜发。

霜严衣带断，指直不得结。

凌晨过骊山，御榻在嵽嵲。

蚩尤[2]塞寒空，蹴蹋崖谷滑。

瑶池气郁律，羽林相摩戛。

君臣留欢娱，乐动殷樛嶱。

赐浴皆长缨，与宴非短褐。

彤庭所分帛，本自寒女出。

鞭挞其夫家，聚敛贡城阙。

圣人筐篚恩，实欲邦国活。

臣如忽至理，君岂弃此物。

多士盈朝廷，仁者宜战栗。

况闻内金盘，尽在卫霍室[3]。

中堂舞神仙，烟雾散玉质。

煖客貂鼠裘，悲管逐清瑟。

劝客驼蹄羹，霜橙压香橘。

朱门酒肉臭，路有冻死骨。

荣枯咫尺异，惆怅难再述。

北辕就泾渭，官渡又改辙。

群冰从西下，极目高崒兀[4]。

疑是崆峒来，恐触天柱折。

河梁幸未坼，枝撑声窸窣。

行旅相攀援，川广不可越。

---

1. 天衢：天空。峥嵘：原是形容山势，此处用来形容阴云密布。
2. 蚩尤：传说中黄帝时的诸侯。黄帝与蚩尤作战，蚩尤作大雾以迷惑对方。此处指大雾。
3. 内金盘：宫中皇帝御用的金盘。卫、霍：指汉代大将卫青、霍去病，汉武帝的亲戚。此处指杨贵妃的从兄、权臣杨国忠。
4. 高崒（zú）兀：河中的浮冰突兀成群。

老妻寄异县，十口隔风雪。

谁能久不顾，庶往共饥渴。

入门闻号咷，幼子饥已卒。

吾宁舍一哀，里巷亦呜咽。

所愧为人父，无食致夭折。

岂知秋禾登，贫窭有仓卒。

生常免租税，名不隶征伐。

抚迹犹酸辛，平人固骚屑。

默思失业徒，因念远戍卒。

忧端齐终南，澒洞不可掇[1]。

---

1. 忧端齐终南：忧虑的情怀如终南山一般沉重。澒洞：广大的样子。掇：收拾，引申
为止息。

REFLEXIONES EN MI VIAJE
DE LA CAPITAL A FENGXIAN

Yo soy uno de tantos

del pueblo de Duling[1].

Cuanto más envejezco,

más tonto me vuelvo.

Siempre he tenido la vana ilusión

de seguir el ejemplo

de los virtuosos ministros Xie y Ji,

y al final todos mis esfuerzos

han terminado en nada.

Escarchados ya mis cabellos,

me resigno a aguantar trabajos arduos.

Hasta que yazga en la tumba,

no cambiaré mi ideal.

Preocupado por el pueblo,

lamento todo el año, triste y angustiado.

Pese a las burlas de los viejos compañeros,

sigo con mis cantos apasionados.

Me gustaría pasar, por supuesto,

los días como quisiera,

y vagar como bohemio.

Pero me toca vivir

la época de un soberano

---

1. Suburbio del sur de Xi'an, donde vivían los antepasados de Du Fu, y también él mismo, que en muchas ocasiones
usó el sobrenombre de Rústico de Duling u Hombre de Duling.

sabio como Yao y Shun[1],

y no puedo dejarlo.

Sé que no faltan sostenes

en el templo imperial,

y sobran materiales

para la construcción

del palacio del Estado.

Mas los girasoles siempre

se dirigen hacia el sol,

y esta es su naturaleza,

imposible de cambiar.

¿Habéis observado las hormigas?

Cada una solo busca su propio lugar.

¿Para qué envidiar a las ballenas,

y anhelar navegar

en los vastos océanos?

Me sonroja pedir favores

y no quiero arrimarme a los poderosos.

Este es mi modo de vivir,

que me ha llevado a fracasos y pobreza.

He trabajado duro hasta hoy día,

¿cómo resignarme a ser ignorado?

Lamento no haber seguido

a los ermitaño Chao y You,

mas siempre mantengo mi entereza.

---

1. Monarcas sabios y virtuosos que sirven de ejemplo en la antigua China.

Que me ahogue en la bebida

y cante a todo pulmón

para ahuyentar la tristeza.

El año toca a su fin,

y mueren todas las plantas.

El viento rasga con furia

las altas crestas del monte.

Nubes oscuras se ciernen

sobre nuestra capital.

Sombríos son los caminos,

cuando parto de viaje a media noche.

La escarcha y la nevasca despiadadas

han roto mi cinturón,

y mis dedos helados no lo logran atar.

Al alba llego al pie del monte Li.

En su cima está hospedado el monarca.

Densas nieblas cubren el frígido cielo.

Escalo la montaña por sendas resbaladizas.

Los vapores del Estanque de Jade

se elevan al infinito.

Pululan los guardias imperiales.

El emperador y su corte se entregan a la orgía.

El eco de la música resuena hasta en las nubes.

Solo los que llevan birretes de altos cargos

pueden tomar parte en el cálido baño,

y ningún invitado lleva ropa de tela ordinaria.

El satén que usan en el palacio fue tejido

por las mujeres de los pobres,

y estos, azotados, se ven obligados

a entregarlo como tributo.

Los favores del soberano

y sus numerosos regalos debieran servir

para hacer prosperar el país.

¿Para qué derrocharlos,

si los ministros desprecian

estos principios sagrados?

Entre los funcionarios que llenan el palacio,

los que tienen conciencia

deben temblar indignados ante tantos abusos:

Incluso todos los platos de oro han parado

en casa de los favoritos del monarca.

En las alcobas del interior

están alojadas las diosas.

Vapores perfumados cubren

sus cuerpos de jade.

Las pieles de marta

las protegen del frío.

Se escuchan flautas quejumbrosas

acompañando a reposadas cítaras.

Se ofrece a los invitados

sopa de patas de camello,

mandarinas escarchadas

y naranjas almibaradas

del lejano sur del imperio.

Tras los portales rojos de las mansiones

se pudren exquisitos manjares que sobran.

A ambos lados del camino yacen

huesos de los que han muerto de frío.

Del árbol lozano a la hierba marchita,

la distancia es solo de un paso.

La angustia me embarga

y no puedo añadir nada.

Me dirijo al Norte,

hacia los ríos Jing y Wei,

pero el embarcadero se ha trasladado.

Flotan numerosas capas de hielo

que vienen del Oeste.

Fijo mis ojos en la lejanía

y veo que hacia allí se precipitan

furiosas y altas olas.

¿Arrastrarán la montaña de Kongtong?

¿Podrán arrasar los puntales del cielo?

Por suerte, el puente aún se mantiene en pie.

Mas sus pilares crujen y tambalean.

Los viajeros, con el alma en un hilo,

caminan apoyándose unos en otros.

¡Qué inmenso es el río,

y qué difícil cruzarlo!

Mi vieja esposa se había refugiado

en Fengxian, un distrito lejano.

La tempestad separó

a los diez de la familia que éramos.

¿Cómo podría yo dejarlos desamparados

durante largo tiempo?

Ansiaba volar a reunirme con ellos

y compartir su miseria.

Ahora, apenas entro en casa,

oigo gritos y sollozos:

¡Mi hijo menor ha muerto de hambre!

Las lágrimas arrasan mis ojos.

Los vecinos me acompañan en el llanto.

¡Qué desgracia que el chico haya tenido

un padre que no pudo protegerlo.

Por falta de alimentos,

falleció tan pequeño.

¿A quién se le hubiera ocurrido

que pese a la buena cosecha del otoño

pudiera suceder tal tragedia?

Como funcionario, he estado toda la vida

exento de tributos.

Mi nombre no está registrado nunca

en la lista de reclutas.

Pensando en mis amargas experiencias,

¡encuentro que tiene peor suerte

la gente del pueblo!

Se presentan en mi mente

los campesinos sin tierra,

los soldados fronterizos,

sumidos en penurias y sufrimientos.

Mi tristeza se remonta a la cima de Zhongnan[1].

Es tan inmensa, que jamás hallaré consuelo.

---

1. Montaña que se encuentra en la provincia de Shaanxi, al sur de Xi'an, famosa por su paisaje y templos taoístas.

无家别

寂寞天宝[1]后，园庐但蒿藜。

我里百余家，世乱各东西。

存者无消息，死者为尘泥。

贱子因阵败，归来寻旧蹊。

久行见空巷，日瘦气惨凄，

但对狐与狸，竖毛怒我啼。

四邻何所有，一二老寡妻。

宿鸟恋本枝，安辞且穷栖。

方春独荷锄，日暮还灌畦。

县吏知我至，召令习鼓鞞[2]。

虽从本州役，内顾无所携[3]。

近行止一身，远去终转迷，

家乡既荡尽，远近理亦齐。

永痛长病母，五年委沟溪，

生我不得力，终身两酸嘶，

人生无家别，何以为蒸黎[4]！

---

1. 天宝：742—755年。
2. 鞞：古同"鼙"，鼓名。这句是说又要征去打仗。
3. 携：即离。无所携，是说家里没有可以告别的人。
4. 蒸黎：指百姓。

DESPEDIDA DE UN RECLUTA SIN FAMILIA[1]

Fines de la era Tian Bao[2]. Soledad.

Huertas y casas destruidas

entre la maleza y matas.

En mi aldea vivían cien familias.

Con la guerra, huyeron a todas partes.

De los vivos, no hay ninguna noticia.

De los muertos, solo quedan cenizas.

Derrotado mi regimiento,

regreso por sendas de antaño.

Callejas vacías. Sol pálido.

Todo sombrío, desolado.

Solo encuentro lobos y zorros

que aúllan con furia, con el pelo erizado.

De los vecinos solo veo

a dos o tres viudas ancianas.

Los pájaros tienen apego

a sus ramas y nidos.

¿Cómo puedo dejar mi casa,

aunque está arruinada?

Primavera. Solo,

azadón al hombro,

voy a trabajar.

Al caer la tarde,

riego mis parcelas.

El oficial, informado de mi regreso,

me manda a entrenamientos

para que vuelva a la guerra.

Menos mal: será en nuestra comarca,

y no tengo quien sienta mi ausencia.

Pero, arrasado mi hogar y mi pueblo,

¿no da lo mismo ir lejos o cerca?

Es muy triste pensar en mi madre,

que, atormentada y enferma,

murió hace cinco años

y fue arrojada a un barranco.

¡Qué hijo más inútil que he sido!

Ahora, no tengo ni un familiar que me despida.

¡Qué vida más indigna para un ser humano!

---

1. Es uno de los tres famosos poemas o "tres despedidas" de Du Fu, que son "Despedida de los novios", "Despedida del recluta anciano" y la que incluimos aquí, todas reveladoras de la trágica historia de las guerras de esta época.
2. Era de Tian Bao: 742 a 755.

CEN SHEN (TS'EN TS'AN, CEN CAN) (715 – 770)

Natural de Nanyang, provincia de Henan. Tras obtener *jinshi*, empezó trabajar como funcionario y asumió dos veces cargos militares en Xinjiang, zona fronteriza. Su carrera culminó con el puesto de gobernador de Jiangzhou, de Sichuan, entre 765 y 769, y murió en Chengdu. Sus poemas sobre la vida y el trabajo de dicha zona le dieron gran fama y es considerado como uno de los principales exponentes de la escuela de la "poesía de frontera". Sus obras fueron publicadas en *Antología de Cen Jiazhou*.

山房春事

梁园日暮乱飞鸦，
极目萧条三两家。
庭树不知人去尽，
春来还发旧时花。

PRIMAVERA EN EL PALACIO
DE LA MONTAÑA

Ocaso. Parque de Liang.

Los cuervos revolotean.

Miro hacia la lejanía:

Hay unas casas en ruinas.

Los árboles del palacio

ignoran que se han ido todos:

Igual que antes, con la primavera,

brotan sus retoños.

裴迪

PEI DI (716 – ¿?)

Oriundo de Wenshi, provincia de Shanxi, muy amigo de Wang Wei. Fue budista devoto y vivió largos años en la montaña Zhongnan. Su poesía tiene como tema principal la exaltación de la naturaleza y la vida retirada, en estilo parecido al de Wang Wei.

华子岗

日落松风起，
还家草露晞。
云光侵履迹，
山翠拂人衣。

LA COLINA DE HUAZI

Sol poniente. Se levanta el viento entre los pinos.

Regreso a casa. Se disipa el rocío de la hierba.

A través de las nubes, la luz invade mis huellas.

El verdor de los montes acaricia mi túnica.

木兰柴

苍苍落日时，
鸟声乱溪水。
缘溪路转深，
幽兴何时已。

EL EREMÍTICO JARDÍN DE LAS MAGNOLIAS

Ocaso. Se oscurece el azul del cielo.

El alborozo de aves se une al del arroyo.

Siguiendo su azulada senda entro en la espesura.

¡Infinito el gozo de la vida retirada!

张继

ZHANG JI (716 – 799)

Nombre social: Yisun. Originario de Xiangzhou, provincia de Hubei, obtuvo *jinshi* en 753 y ocupó diferentes cargos públicos. Su obra poética se reúne en *Antología de la poesía de Zhang Cibu* y destaca por sus versos paisajísticos. Hay que tener cuidado de no confundirle con el Zhang Ji（张籍）nacido en 766, otro poeta de Tang.

枫桥夜泊

月落乌啼霜满天，
江枫渔火对愁眠。
孤苏城外寒山寺，
夜半钟声到客船。

FONDEADO DE NOCHE JUNTO AL PUENTE DEL ARCE

Luna moribunda. Los cuervos graznan.

El cielo está inundado de escarcha.

Susurran los arces en la ribera.

Parpadean faroles de los que pescan.

Triste, no puedo conciliar el sueño.

A media noche, a mi barco llegan

campanadas del templo Monte Gélido

que se yergue en las afueras.

于良史

YU LIANGSHI (Siglo VIII)

Fue funcionario público y su poesía destaca por su estilo elegante.

春山夜月

春山多胜事，赏玩夜忘归。
掬水月在手，弄花香满衣。
兴来无远近，欲去惜芳菲。
南望鸣钟处，楼台深翠微。

NOCHE DE LUNA, MONTAÑA EN PRIMAVERA

¡Cuántos encantos ofrece

la montaña en primavera!

Me causa tantos deleites,

que me olvido del regreso

aunque ya cae la noche.

Recojo agua con las manos,

y tengo en ellas la luna.

Me distraigo con las flores,

que me inundan de fragancia

toda la túnica larga.

Quiero emprender el regreso,

mas las flores me retienen.

Dirijo la vista al sur,

donde suenan campanadas.

De entre la azul niebla emergen

pabellones y terrazas.

韦应物

WEI YINGWU (737 – 792)

Natural de Xi'an de hoy, provincia de Shaanxi, en una familia de nobles. Fue nombrado oficial de la guardia del emperador Xuan Zong en 751. Desde 763 ocupó cargos de gobernador de Jiangzhou, Suzhou y otras ciudades.

En su creación poética, siempre tomaba como ejemplo a Tao Yuanming, gran poeta de la época de Jin del Este. Destacó por sus versos acerca de la naturaleza y del campo, con estilo sencillo y espontáneo, pero bello. Dejó *Antología de Wei Suzhou*.

滁州西涧

独怜幽草涧边生,
上有黄鹂深树鸣。
春潮带雨晚来急,
野渡无人舟自横。

EL TORRENTE DEL OESTE DE CHUZHOU

Me encantan las solitarias hierbas de la orilla.

Arriba, en la fronda, cantan unas oropéndolas.

Noche, lluvia, raudo torrente de primavera.

Desierto el muelle, solo una barca a la deriva.

司空曙

SIKONG SHU (Siglo VIII)

Nombre social: Wenming, natural de Guangping, actualmente Yongnian, provincia de Hebei. Fue funcionario público y destaca por sus *lüshi* pentasílabos, de estilo sencillo.

江村即事

钓罢归来不系船，
江村月落正堪眠。
纵然一夜风吹去，
只在芦花浅水边。

IMPROVISADO A LA ORILLA DEL RÍO

De regreso de la pesca,

no amarro mi barca:

Es hora de ir a dormir,

ya que se pone la luna en la aldea.

Aunque el viento sople toda la noche,

la barca solo flotará a la orilla,

en aguas poco profundas,

entre juncos y cañas.

卢纶

LU LUN (¿748? – 800)

Nombre social: Yunyan. Oriundo de Zhuoxian, provincia de Hubei, fue considerado el primero de los "diez mejores letrados de la época Da Li (766-779)". Viviendo mucho tiempo entre los soldados, escribió excelentes poemas sobre el tema, con estilo viril. Sus versos están reunidos en *Antología de Lu Lun*, de tres volúmenes.

塞下曲

月黑雁飞高，
单于夜遁逃。
欲将轻骑逐，
大雪满弓刀。

BALADA DE LA FRONTERA

Luna oculta. Vuelan alto las ocas salvajes.

Huye Chanyu, cabecilla de los invasores.

Los ágiles jinetes se lanzan al ataque.

Cubiertos de nieve, brillan sus arcos y sables.

李益

LI YI (748 – 827)

Nombre social: Junyu. Originario de Guzang, actual distrito Wuwei, provincia de Gansu. Fue uno de los "diez mejores letrados de la época Da Li (766-779)". Se destaca por su "poesía fronteriza" y sus cuartetas heptasílabas.

夜上受降城闻笛

回乐峰前沙似雪，
受降城外月如霜。
不知何处吹芦管，
一夜征人尽望乡。

ESCUCHANDO, DE NOCHE, UNA FLAUTA EN LA CIUDAD DEL CONQUISTADOR

Ante el Pico del Gozo del Regreso,

brilla la blanca nieve de la arena.

En las afueras de la ciudad,

la escarcha rociada por la luna.

Desde algún sitio llegan

lamentos de una flauta.

Toda esta noche nuestros guerreros

miran hacia su tierra.

孟郊

MENG JIAO (751 – 814)

Nombre social: Dongye. Natural de Deqing, provincia de Zhejiang, vivió largos períodos como ermitaño en la montaña Song y solo a los cuarenta y seis años consiguió el título de *jinshi*. Fue designado alcalde de un distrito y después asumió otros cargos de baja categoría. Sus versos narran la difícil situación en que vivía y la pobreza de los de abajo, y son originales en la estructura y el lenguaje. Sus obras están recogidas en *Colección de Meng Dongye*.

归信吟

泪墨洒为书，
将寄万里亲。
书去魂亦去，
兀然空一身。

CARTA A MI CASA

Con mis lágrimas por tinta escribo,
lejos, muy lejos de casa.
Mando con la carta mi alma,
que me deja con mi cuerpo vacío.

游子吟

慈母手中线，游子身上衣。
临行密密缝，意恐迟迟归。
谁言寸草心，报得三春晖。

CANCIÓN DEL VIAJERO

Hilo y aguja en la mano

de la cariñosa madre.

Túnica que pondrá al hijo

que se marchará de viaje.

Muy tupidas las puntadas:

su ausencia puede ser larga.

Pero ¿podrá una pequeña hierba,

con todo su corazón,

volver el favor al sol

por la luz de tantas primaveras?

怨　诗

试妾与君泪，
两处滴池水。
看取芙蓉花，
今年为谁死！

QUEJA
— Lágrimas de añoranza

¡Oh, señor! Dejemos caer
en dos estanques nuestras lágrimas,
y ya veremos en cuál de ellos
morirán estos lotos tiernos.

张籍

ZHANG JI (766 – 830)

Nombre social: Wenchang. Originario de Hezhou de hoy, provincia de Anhui, obtuvo *jinshi* en 799 y ejerció diversos cargos oficiales. Hay que distinguirle de otro poeta de Tang, también conocido como Zhang Ji（张继）. Fue uno de los iniciadores del movimiento de Nuevo Yuefu, que después lideraría el gran poeta Bai Juyi.

夜到渔家

渔家在江口，潮水入柴扉。
行客欲投宿，主人犹未归。
竹深村路远，月出钓船稀。
遥见寻沙岸，春风动草衣。

AL LLEGAR DE NOCHE A LA CABAÑA
DE UN PESCADOR

Cabaña del pescador en la boca del río.

Las aguas, al borde de su puerta enramada.

El viajero llama pidiendo albergue en vano:

El dueño aún no ha regresado.

Entre frondosos bambúes

se ve lejana la aldea.

Bajo la luna que emerge

navegan pocas lanchas de pesca.

De pronto, se divisa que una de ellas

dirigiéndose a la orilla arenosa,

y un capote de paja se agita

con la brisa de primavera.

韩愈

HAN YU (768 – 824)

Nombre social: Tuizhi, también conocido como Han Changli. Natural de Heyang, que es actualmente Mengxian, provincia de Henan. Huérfano a los tres años de edad, pasó a vivir con la familia de su hermano mayor. En 792 obtuvo el título de *jinshi* y asumió sucesivamente cargos de gobernador o alcalde en Changli, Yangshan, Chaozhou y otras localidades, llegando finalmente a los puestos de viceministro de la Guerra y de los Ritos. En su carrera política también sufrió descensos y destierros.

Fiel confucianista, lideró junto con Liu Zongyuan el movimiento *guwen*, para "revivir lo clásico" en la literatura, promoviendo una reforma de la prosa que ejerció un fuerte impacto en la cultura china. Es considerado por la crítica china como uno de "los ocho grades escritores de las dinastías de Tang y Song" y su prosa, con estilo agudo y viril y en lenguaje accesible y claro para el lector en general, ha sido tomada como modelo a imitar durante siglos. También tiene gran fama por su poesía sobre la naturaleza y sobre sus propias desgracias, y destacan sus versos heptasílabos al estilo antiguo. Sus obras, incluidos unos trescientos poemas, están reunidas en *Antología del señor Han Changli*.

晚　春

草树知春不久归，
百般红紫斗芳菲。
杨花榆荚无才思，
惟解漫天作雪飞。

FINAL DE PRIMAVERA

Los árboles y las hierbas comprenden

que la primavera va a terminar.

Fragantes flores compiten, mostrando

mil atractivos colores y tonos.

Flores y sámaras de álamos y olmos,

torpes, solo se lanzan a volar

llenando el cielo de copos de nieve.

崔护

CUI HU (772 – 846)

Natural de Boling, actual distrito de Ding, provincia de Hebei. Obtuvo el título
jinshi en 796 y fue funcionario público.

题都城南庄

去年今日此门中，
人面桃花相映红。
人面不知何处去，
桃花依旧笑春风。

INSCRITO EN LA PUERTA DE UNA CASA
AL SUR DE LA CAPITAL

Hoy hace justo un año,

reflejaba esta puerta

sonrosadas tus mejillas

entre flores del durazno.

¡Qué tristeza no ver hoy tu rostro!

Solo quedan las flores sonriendo

a la brisa de la primavera.

刘禹锡

LIU YUXI (772 – 842)

Nombre social: Mengde. Oriundo de Luoyang, provincia de Henan, obtuvo el título *jinshi* en 791 y desempeñó diversos cargos oficiales. Pero como formaba parte del grupo reformador fue degradado y sufrió muchos reveses en su carrera política. Gran amigo de Bai Juyi, escribió excelentes cuartetas con un estilo muy original y espontáneo. Sus obras se reúnen en *Antología de Liu Mengde*.

秋风引

何处秋风至，
萧萧送雁群。
朝来入庭树，
孤客最先闻。

CANCIÓN DEL VIENTO AUTUMNAL

Dondequiera que llega el viento de otoño,
arrastra silbando bandadas de gansos.
Al alba se desliza entre los árboles del patio.
Es el viajero solitario el primero en notarlo.

竹枝词

山桃红花满上头，
蜀江春水拍山流。
花红易衰似郎意，
水流无限似侬愁。

SEGÚN LA MELODÍA *TALLOS DE BAMBÚES*

Las flores rojas de durazno cubren la cima.

Las aguas de primavera acarician la montaña.

Tu amor son estas flores: se abren y se marchitan.

Mis penas: las olas del río, que nunca se acaban.

秋　词

自古逢秋悲寂寥，
我言秋日胜春朝。
晴空一鹤排云上，
便引诗情到碧霄。

EL OTOÑO

Desde antaño ven en el otoño solo cuitas.

Pero a mí me gusta más que la primavera.

Mira las grullas blancas que se lanzan a las nubes.

Hasta lo más alto del cielo llevan mi poesía.

李绅

LI SHEN (772 – 846)

Natural de Renzhou, que es la actual ciudad de Wuxi, provincia de Jiangsu. Obtuvo *jinshi* en 806 y ocupó importantes cargos públicos. Los dos poemas suyos que se leen aquí, muy conocidos y muy recitados en China, lo inmortalizaron.

悯农（其一）

春种一粒粟，
秋成万颗子。
四海无闲田，
农夫犹饿死。

COMPASIÓN POR LOS LABRIEGOS

I

Una semilla en primavera –
miles de granos en otoño.
Cultivadas y aprovechadas todas las tierras,
las muertes de los labriegos hambrientos no cesan.

悯农（其二）

锄禾日当午，
汗滴禾下土。
谁知盘中餐，
粒粒皆辛苦。

COMPASIÓN POR LOS LABRIEGOS

II

Escardan el arrozal

bajo el sol abrasador.

Riegan los retoños y el campo

gotas y gotas de sudor.

Mas ¿quién ve en los granos del cuenco

las penurias del labrador?

白居易

BAI JUYI (PO CHUYI) (772 – 846)

Nombre social: Letian. Nacido en Xinzhen, provincia de Henan. En su infancia
tuvo que trasladarse junto con sus padres de un sitio a otro a causa de las guerras.
A los dieciséis años llegó a Chang'an, donde se ganó, con su poema *Despedida en
la antigua pradera* el elogio del famoso poeta Gu Kuang. A los veintinueve años
obtuvo *jinshi* y a los treinta y dos fue designado como secretario administrativo. En
807, el emperador Xian Zong le nombró miembro de la Academia Imperial, y al
año siguiente, Consejero Imperial. Sin embargo, la honestidad y franqueza con que
el poeta cumplió con su deber desagradó al monarca. Tres años después el poeta
presentó la solicitud de traslado a otra ciudad para un destino inferior. Entre 811 y
814 vivió en la aldea Wei y en invierno de ese año regresó a Chang'an. No tardó en
caer en desgracia debido a las calumnias de sus enemigos políticos y fue desterrado
a Jiangzhou. En 821, reclamado por Mu Zong, heredero del trono, volvió a trabajar
en la capital. Pero pronto se dio cuenta de la prepotencia de los eunucos y volvió
a solicitar el traslado fuera de la capital. Fue designado alcalde de Hangzhou y
más tarde de Suzhou. En 829 se retiró definitivamente para vivir en Lüdaoli, de
Luoyang, Henan, donde se dio el sobrenombre de "Ermitaño de la Montaña
Perfumada", y se hizo amigo con monjes budistas y taoístas. Murió a los setenta y

cinco años, dejando una antología de 75 volúmenes, con 2.806 poemas que han podido llegar a nuestros días, una cantidad superior a la de cualquier otro poeta de la dinastía.

Bai Juyi divide sus obras en cuatro tipos de poesía: "poesía de crítica, de ocio, de emociones sentimentales, y de métrica y contenidos varios". La primera, la de crítica, incluye denuncias sociales. La de ocio la constituyen unos cien poemas líricos sobre su vida retirada o los que expresan sus sentimientos personales en diversas circunstancias. La de métrica y contenidos varios son los poemas que difícilmente encajan en los tres tipos anteriores, principalmente líricos, de temas múltiples.

Las obras de Bai Juyi se caracterizan, entre otras cosas, por su lenguaje claro y sencillo, accesible para las gentes del pueblo. La alta armonía fónica y musicalidad es también otra de las peculiaridades de sus obras. Por tanto, gozan de gran popularidad y su fama llegó en su época a Japón, Corea, Birmania y otros países del sudeste de Asia. Se puede decir que ningún otro poeta contemporáneo suyo en el mundo gozó de tanta popularidad.

赋得古原草送别

离离原上草，一岁一枯荣。
野火烧不尽，春风吹又生。
远芳侵古道，晴翠接荒城。
又送王孙去，萋萋满别情。

DESPEDIDA EN LA ANTIGUA PRADERA

Lozanas hierbas tapizan la pradera.

Todos los años se mustian y verdean.

Los incendios no pueden exterminarlas:

Renacen al beso de la primavera.

Su fragancia, extendida, invade antiguas sendas.

Su esmeralda, soleada, viste pueblos en ruinas.

Agitadas y con gran melancolía,

dicen adiós al viajero que se aleja.

舟中读元九诗

把君诗卷灯前读，
诗尽灯残天未明。
眼痛灭灯犹暗坐，
逆风吹浪打船声。

LEYENDO LOS POEMAS DE YUAN ZHEN EN UN BARCO

Tus poemas en mis manos,

los leo junto a la lámpara,

que agoniza cuando acabo.

Aún no despunta el alba.

Ya sin luz, siento los ojos cansados.

Sentado a oscuras, escucho las olas,

que, a impulsos del viento de proa,

golpean ruidosas el barco.

花非花

花非花，
雾非雾。
夜半来，
天明去。
来如春梦几多时，
去似朝云无觅处。

FLOR SIN SER FLOR

Es flor sin ser flor,

niebla sin ser niebla.

A medianoche llega.

Se va al rayar el alba.

Viene como sueño de primavera:

Tan efímera.

Se va como nube matutina:

No deja huella.

琴

置琴曲几上，
慵坐但含情。
何烦故挥弄，
风弦自有声。

EL LAÚD

Colocado mi laúd sobre la mesa,

lánguido, me siento, en la emoción inmerso.

¿Para qué molestarme en tocar las cuerdas?

Cantan solas acariciadas por el céfiro.

大林寺桃花

人间四月芳菲尽，
山寺桃花始盛开。
长恨春归无觅处，
不知转入此中来。

FLORES DE DURAZNOS EN EL TEMPLO DALIN

En mayo, en el mundo de los hombres,

las flores caen unas tras otras.

Mientras que en este templo de la montaña

compiten en florecer los duraznos.

Todos los años he lamentado

no encontrar la primavera que se ha ido.

Resulta que ha venido aquí,

a estos maravillosos sitios.

问刘十九

绿蚁新醅酒，
红泥小火炉。
晚来天欲雪，
能饮一杯无？

CONVIDANDO A LIU EL DECIMONOVENO

Vino reciente con espuma verde.

Un pequeño horno de arcilla roja.

Cae la noche. Caerá la nieve.

¿Quieres venir a tomar una copa?

秋　虫

切切暗窗下，
喓喓深草里。
秋天思妇心，
雨夜愁人耳。

GRILLOS OTOÑALES

Susurros en la oscuridad bajo la ventana.

Chirridos en medio de espesas hierbas.

Día de otoño, corazón que añora a quien ama.

Noche de lluvia, oído que se llena de tristeza.

夜　雨

早蛬啼复歇，
残灯灭又明。
隔窗知夜雨，
芭蕉先有声。

LLUVIA NOCTURNA

Grillos madrugadores
chillan y luego callan.
La moribunda vela
se apaga y luego brilla.
Sé que ya está lloviendo
fuera de la ventana:
Me lo anuncian las gotas
en las hojas del plátano.

遗爱寺

弄石临溪坐[1]，
寻花绕寺行。
时时闻鸟语，
处处是泉声。

---

1. 另一版本为："弄日临溪坐"，可改译成：Sentado junto al arroyo, disfruto del sol.

EL TEMPLO DEL AMOR PERPETUO

Sentado junto al arroyo, juego con los cantos.

Doy vueltas por el templo, en busca de las flores.

En todo momento se oye el canto de los pájaros.

Por doquier resuenan los murmullos de la fuente.

池上二绝（其一）

山僧对棋坐，
局上竹阴清。
映竹无人见，
时闻下子声。

JUNTO AL ESTANQUE
— Dos cuartetas
I

Juegan al ajedrez dos monjes de la montaña.

En el tablero, fresca sombra de los bambúes.

Nadie los ve en el espeso follaje.

Solo se oye alguna que otra pieza que se mueve.

早　春

雪散因和气，
冰开得暖光。
春销不得处，
唯有鬓边霜。

PRIMAVERA NACIENTE

Con tus soplos suaves,

se derrite la nieve.

Bajo tu sol caliente,

el hielo se deshace.

¡Oh primavera naciente!

¡Si deshiciera también

la escarcha de mis sienes!

杨柳枝词八首（其三）

依依袅袅复青青，
勾引春风无限情。
白雪花繁空扑地，
绿丝条弱不胜莺。

BALADA DE LAS RAMAS DE SAUCES
— Ocho poemas
III

Cimbreantes, sus gráciles ramas verdean,

atrayendo mil caricias

del viento de primavera.

Una nevada de amentos

caen cubriendo la tierra.

De pronto se agacha una rama:

No aguanta ni una oropéndola.

竹枝词四首（其一）

瞿唐峡口水烟低，
白帝城头月向西。
唱到竹枝声咽处，
寒猿暗鸟一时啼。

BALADAS DE LAS RAMAS DE BAMBÚ
— Cuatro poemas
I

Sobre el agua de Qutang, la garganta,

pesan densas nieblas y brumas.

Por encima de la ciudad

avanza hacia el oeste la luna.

¡Escuchad! La copla ha llegado

a su pasaje melancólico.

Aves que vuelven a sus nidos

y monos que sufren del frío,

conmovidos, le hacen coro.

逢 旧

久别偶相逢，
俱疑是梦中。
即今欢乐事，
放盏又成空。

REENCUENTRO DE LOS VIEJOS AMIGOS

Después de vuestra larga ausencia,

de pronto volvemos a vernos.

Decidme: ¿no estamos soñando?

¡Cuál no será nuestra alegría!

Mas temo que se desvanezca

cuando dejemos nuestras copas.

醉中对红叶

临风杪秋树，
对酒长年人。
醉貌如霜叶，
虽红不是春。

EBRIO, ANTE LAS HOJAS ROJAS

Contra la borrasca, árboles de fin del otoño.

Delante del vino, un hombre de edad avanzada.

Ebrio su rostro, como las hojas escarchadas.

Este rubor no es, empero, el de la primavera.

村　夜

霜草苍苍虫切切，
村南村北行人绝。
独出门前望野田，
月明荞麦花如雪。

NOCHE EN LA ALDEA

Oscuridad. Escarcha en la hierba.
Chillan los grillos desesperados.
Calles desiertas en la aldea.
Salgo solo y, delante de la puerta,
miro a la campiña silvestre.
Luna clara. Flores de alforfón –
un inmenso manto de nieve.

寒闺夜

夜半衾裯冷，孤眠懒未能。
笼香销尽火，巾泪滴成冰。
为惜影相伴，通宵不灭灯。

NOCHE GÉLIDA EN EL APOSENTO

Medianoche. Manta fría.

Sola. No concilia el sueño.

Se ha extinguido ya el incienso.

Se han congelado las lágrimas en el pañuelo.

No apaga la luz en toda la noche:

No quiere perder la compañía

de su propia sombra.

钱塘湖春行

孤山寺北贾亭西，水面初平云脚低。
几处早莺争暖树，谁家新燕啄春泥。
乱花渐欲迷人眼，浅草才能没马蹄。
最爱湖东行不足，绿杨阴里白沙堤。

PASEO PRIMAVERAL
POR EL LAGO QIANTANG

Norte del templo de la Montaña Solitaria.

Oeste del pabellón Jiating.

Aguas al borde del lago.

Encima, nubes muy bajas.

Unos orioles madrugadores

se disputan árboles soleados.

Golondrinas que anidarán en algunas casas

traen en sus picos barro de primavera.

Multitud de flores diversas que se abren

deslumbran la vista con su belleza.

Tiernas hierbas no cubren apenas

los cascos de los caballos.

Lo que más me encanta

es pasear por el este del lago,

a la sombra de los verdes álamos,

por el muelle de arenas blancas.

叹春风兼赠李二十侍郎二绝
（其一）

树根雪尽催花发，
池岸冰消放草生。
唯有须霜依旧白，
春风于我独无情。

LAMENTÁNDOME DEL VIENTO PRIMAVERAL
— Dos cuartetas dedicadas al secretario Li el Vigésimo

I

Bajo el árbol, la nieve se derrite

e invita a las flores a abrirse.

En la ribera, el hielo se deshace

y deja que reverdezca la hierba.

Solo mi barba escarchada sigue blanca.

Solo de mí no se apiada

el viento de primavera.

舟夜赠内

三声猿后垂乡泪，
一叶舟中载病身。
莫凭水窗南北望，
月明月暗总愁人。

DEDICADO A MI AMADA, DE NOCHE, DESDE UNA BARCA

Repetidos gemidos de monos
me arrancan lágrimas de añoranza.
Viajo, con mi cuerpo doliente,
en una barca ligera.

No te asomes, cariño, al río.
No mires al norte ni al sur:
que la luna, oculta o espléndida,
siempre despierta melancolía.

空闺怨

寒月沉沉洞房静，
真珠帘外梧桐影。
秋霜欲下手先知，
灯底裁缝剪刀冷。

LAMENTACIÓN EN LA ALCOBA VACÍA

Pálida luna frígida.

Silencio de la alcoba vacía.

Fuera de la cortina de perlas,

un árbol solitario con su sombra.

Sus dedos sienten muy próxima

la escarcha del otoño,

cosiendo bajo una candela

con las tijeras gélidas.

舟中夜坐

潭边霁后多清景，
桥下凉来足好风。
秋鹤一双船一只，
夜深相伴月明中。

SENTADO, DE NOCHE, EN MI BARCA

Escampa. Hermoso paisaje a la orilla.

Bajo el puente, sopla la brisa

que refresca todo el contorno.

Una pareja de grullas de otoño

en una barca solitaria.

En la noche profunda,

se acompañan al claro de luna.

湖中自照

重重照影看容鬓
不见朱颜见白丝
失却少年无处觅，
泥他湖水欲何为。

ANTE EL ESPEJO DEL LAGO

Me miro una y otra vez

en el espejo del lago.

No veo el rostro lozano,

sino solo seda blanca.

¿Dónde está el joven de antaño?

¿Para qué enturbiar las aguas?

柳宗元

LIU ZONGYUAN (773 – 819)

Nombre social: Zihou, conocido también como Liu Hedong. Natural de Hedong, que hoy es Yongji, provincia de Shanxi. Fue famoso prosista, poeta, calígrafo y filósofo. Tras obtener el título de *jinshi* en 793, desempeñó diversos cargos oficiales. Se incorporó al movimiento político reformista liderado por Wang Shuwen y fue designado Secretario de Estado del Consejo de Ritos. Fracasado el movimiento, fue degradado y exiliado en 815 a Yongzhou, con el cargo de alcalde del distrito. Más tarde fue destinado a Liuzhou.

Inició, junto con su amigo Han Yu, el movimiento *guwen* para revivir la literatura clásica. Fue fiel discípulo de Confucio, pero también recibió influencia del budismo. Sus poemas tienen temas muy variados, pero destacan los que describen su vida en el exilio y se caracterizan por su estilo reticente pero capaz de transmitir emociones intensas. Más fama tienen sus prosas, y la crítica china le considera como uno de "los ocho grandes escritores de las dinastías de Tang y Song". Sus obras fueron recogidas en *Antología de Liu Hedong*.

江　雪

千山鸟飞绝，
万径人踪灭。
孤舟蓑笠翁，
独钓寒江雪。

EL RÍO NEVADO

Centenares de cerros

sin ningún pájaro.

Millares de senderos

sin rastro humano.

Barquita solitaria.

Capa y sombrero de paja.

En el río nevado

pesca solo el anciano.

元稹

YUAN ZHEN (779 – 831)

Nombre social: Weizhi. Oriundo de Henei, provincia de Henan. Huérfano desde niño, aprobó los exámenes imperiales a los quince años y obtuvo un empleo público. En 822 fue designado primer ministro, pero poco después fue degradado por motivos políticos.

Fue buen amigo de Bai Juyi desde 806, y los dos encabezaron "el movimiento de Nuevo Yuefu", cuyo principio principal consiste en "Que los artículos deben relacionarse con la época en que se vive, y los poemas, con motivo de los acontecimientos sucedidos" y que la poesía debía ayudar al monarca a gobernar bien el país mediante su función didáctica para el pueblo y los consejos que se presentaran al emperador. Su fama se debe a su poesía amorosa y elegíaca, muy alabada por la crítica por sus intensas emociones y descripciones vívidas y precisas.

离思五首（其四）

曾经沧海难为水，
除却巫山不是云。
取次花丛懒回顾，
半缘修道半缘君。

AÑORANDO A MI AMADA[1]
— Cinco poemas
IV

Habiendo atravesado el océano,

no son nada para mí los grandes ríos.

Conociendo las nubes que coronan el Pico Wu,

todas las otras pierden sus encantos.

Aun pasando por entre hermosas flores,

no me da gana echarles una mirada.

En parte, tal vez, por mi pensamiento taoísta,

y en parte por añorarte, mi amada.

---

1. Es uno de los más famosos poemas del autor compuestos en memoria de su difunta esposa.

闻乐天授江州司马

残灯无焰影幢幢，
此夕闻君谪九江。
垂死病中惊坐起，
暗风吹雨入寒窗。

INFORMADO DEL DESTIERRO DE BAI JUYI
A JIANGZHOU

Bajo la lámpara agonizante, las sombras danzan.

Noche. Me informan de tu destierro en Nueve Ríos[1].

Moribundo, me incorporo del lecho sorprendido.

Viento umbrío. La helada lluvia entra por la ventana.

---

1. Otro nombre de Jiangzhou.

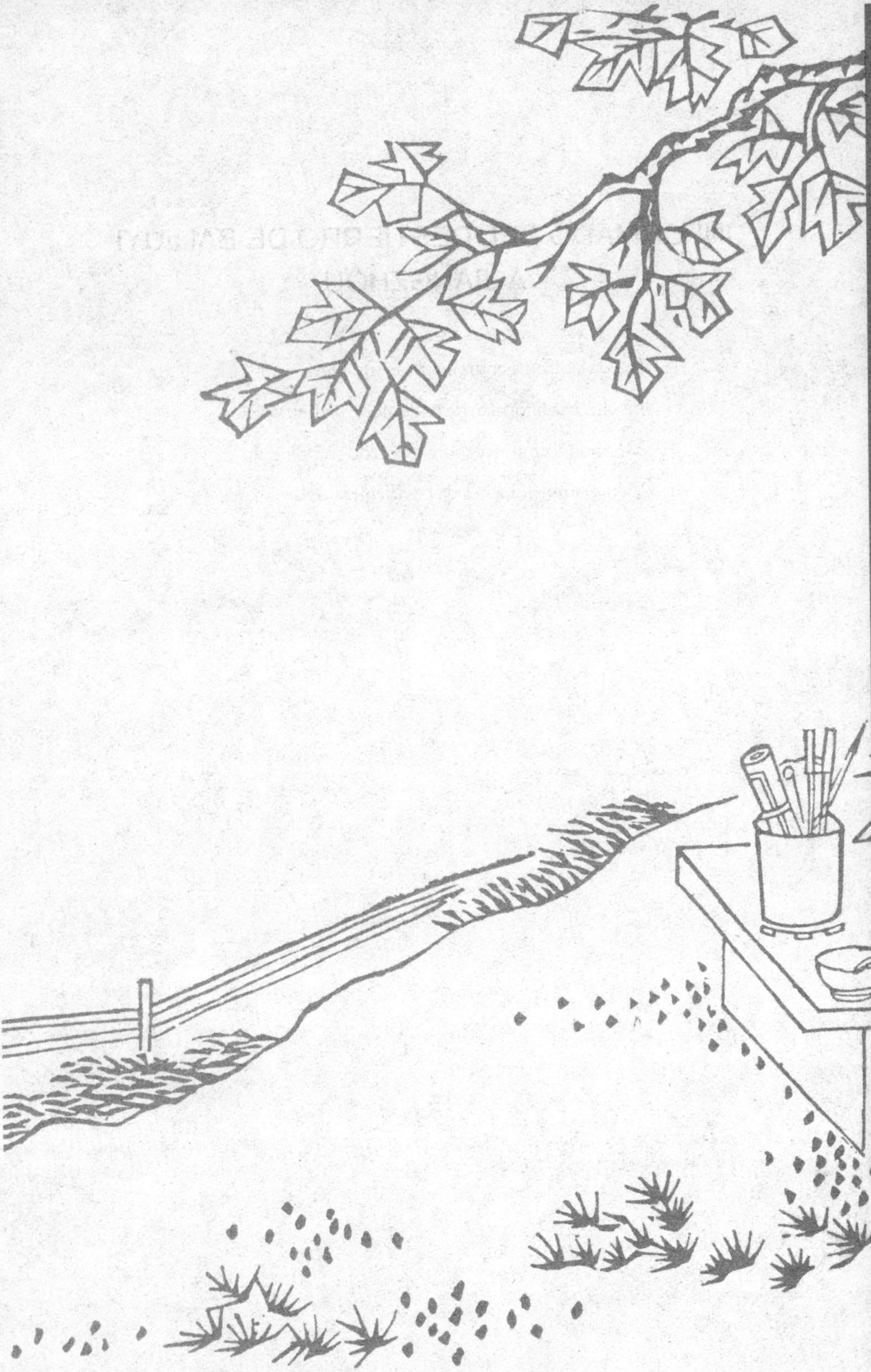

贾岛

JIA DAO (779 – 843)

Nombre social: Langxian. Sobrenombre: Wuben (Sin raíces). Natural de Fanyang, provincia de Hebei, se hizo bonzo budista muy joven. Vuelto a la vida secular, se presentó varias veces a los exámenes imperiales, sin éxito. Sus versos son muy trabajados, caracterizados por la originalidad de las expresiones y están reunidos en *Antología del Gran Río*.

剑 客

十年磨一剑，
霜刃未曾试。
今日把示君，
谁有不平事？

A MODO DE CABALLERO ANDANTE

He afilado esta espada mía
durante diez largos años.
No ha estrenado todavía
su filo diamantado.
Hoy os la enseño. Decidme:
¿Quién ha sufrido injusticia?

题李凝幽居

闲居少邻并，草径入荒园。

鸟宿池边树，僧敲月下门。

过桥分野色，移石动云根。

暂去还来此，幽期不负言。

INSCRIPCIÓN PARA LA CABAÑA DE LI NING

Una cabaña en paz, lejos del mundo.

Senda hacia un jardín cubierto de hierbas.

Junto al estanque, aves refugiadas en los árboles.

Al claro de luna, un monje llamando a la puerta.

Cruzo el puente. Paisaje pintoresco.

Surgen las nubes. Siento moverse las montañas.

Me marcho por el momento,

mas regresaré sin falta.

李贺

LI HE (791 – 817)

Nombre social: Changji. Natural del actual Yiyang, provincia de Henan, fue descendiente de la familia imperial de Tang, venida a menos. De niño se hizo famoso por sus versos, pero le prohibieron presentarse a los exámenes imperiales, por lo que solo pudo tener un cargo de poca importancia. Descontento y triste, murió a los veintiséis años.

En sus poemas, además de narrar los reveses que sufre, describe un mundo imaginario de inmortales: Dioses, Hadas, manes, lleno de extrañas y místicas imágenes, y destaca por su originalidad y gran poder imaginativo, por lo que es denominado "Genio fantasmal". Doscientos setenta y un poemas suyos han podido llegar a nuestros días, reunidos en *Antología de Li Changji*.

河南府试十二月乐词
（十二月）

日脚淡光红洒洒，
薄霜不销桂枝下。
依稀和气排冬严，
已就长日辞长夜。

A PRINCIPIOS DE LA PRIMAVERA, EN HENAN (DICIEMBRE)

Pálidos rayos del sol atraviesan

aires vaporosos sobre la tierra,

y debajo de las casias

queda todavía escarcha.

Mas mitigan vahos tibios

el rigor del frío.

Largos días desplazan

ya las noches largas.

马诗（五）

大漠沙如雪，
燕山月似钩。
何当金络脑，
快走踏清秋。

MI CORCEL

V

Las arenas del gran desierto
son granitos de nieve.
La luna de la montaña Yen,
un arco plateado.
¿Cuándo podré montar mi corcel
con montura de oro
galopando a mi gusto
al viento de otoño?

杜牧

DU MU (803 – 852)

Nombre social: Muzhi. Nacido en Xi'an, provincia de Shaanxi, fue nieto del famoso primer ministro Du You. Obtuvo *jinshi* en 828 y desempeñó diversos cargos oficiales en su vida, sobre todo el de gobernador de varias localidades. Los críticos le llaman "Du Pequeño" y a Li Shangyin "Li Pequeño", comparándoles con Li Bai y Du Fu ("Li y Du Grandes"). Escribió muchos poemas sobre acontecimientos históricos, ironizando y criticando a los gobernantes corruptos. Pero se distinguió por sus cortos poemas líricos *qijue*, cuartetas heptasílabas, de estilo ameno. Nos dejó *Obras de Fanchuan* en que se reúnen 450 poemas.

清 明

清明时节雨纷纷，
路上行人欲断魂。
借问酒家何处有，
牧童遥指杏花村。

EL DÍA DE LOS MUERTOS

Llueve sin cesar el Día de los Muertos.

Por el camino, muy tristes los viajeros.

Preguntan si hay alguna taberna cerca.

Señala a lo lejos el pastorcillo

la aldea Albaricoques Florecidos.

山 行

远上寒山石径斜，
白云生处有人家。
停车坐爱枫林晚，
霜叶红于二月花。

PASEANDO POR LA MONTAÑA

Lejos, alta y frígida montaña.

Tortuosa senda de piedras.

Entre nubes blancas, una casa.

Detengo el carro: me encanta

el ocaso en bosques de arces.

¿Veis sus hojas tras la escarcha?

Eclipsa su roja belleza

las flores de la primavera.

江南春

千里莺啼绿映红，
水村山郭酒旗风。
南朝四百八十寺，
多少楼台烟雨中。

PRIMAVERA AL SUR DEL YANGTSÉ

En todas partes se escucha
el canto de oropéndolas
El rojo de flores brilla
en el verdor de las hojas.
Aldeas junto a las aguas.
Murallas al pie de colinas.
Flamean al viento banderas
de los vendedores de vino.
La época del Sur ha dejado
innumerables monasterios.
Sus pabellones y terrazas
se esfuman en lluvias y nieblas.

陈陶

CHEN TAO (812 – 885)

Nombre social: Songbo. Oriundo de Boyang, provincia de Jiangxi. Al no poder aprobar los exámenes imperiales para optar a un cargo oficial, se dedicó a viajar por lugares históricos, y al final se retiró a la montaña Xishan de Nanchang, para pasar el resto de su vida dedicado a la poesía. Nos dejó *Colección de los poemas de Chen Songbo*.

陇西行

誓扫匈奴不顾身，
五千貂锦丧胡尘。
可怜无定河边骨，
犹是春闺梦里人。

CANTAR DEL OESTE DE LONG

Juraron barrer a los hunos, costare lo que costare.

Con zamarras de piel, cinco mil cayeron en tierra bárbara.

Sus huesos que bordean el río Wuding aún son hombres

en los sueños primaverales de sus amantes nostálgicas.

温庭筠

WEN TINGYUN (812 – 866)

Nombre original: Qi. Nombre social: Feiqing. Natural de Taiyuanqi, que es hoy Qixian, provincia de Shanxi, fue nieto de un primer ministro. Entregado a una vida nómada, nunca consiguió ningún título, y solo en su vejez ocupó un cargo de muy baja categoría. Por su vida de libertinaje, tuvo mala reputación en su época. Cultivó tanto poesía *shi* como *ci*, pero su éxito consiste principalmente en los *ci*, ya que fue el primer poeta que escribió gran cantidad de piezas de este género, casi siempre sobre el amor, muchas veces en tono de jóvenes enamoradas, con estilo elegante y lenguaje muy bello. Encabezó, junto con Wei Zhuang, la escuela En Medio de las Flores, dedicada a la creación de *ci*, y fue considerado por muchos como fundador de esta variedad de la poesía. Sus *shi* tenían motivos más amplios y sus obras están publicadas en *Antología de la poesía de Wen Feiqing*.

商山早行

晨起动征铎，客行悲故乡。
鸡声茅店月，人迹板桥霜。
槲叶落山路，枳花明驿墙。
因思杜陵梦，凫雁满回塘。

PARTIDA MATINAL DE LA MONTAÑA SHANGSHAN

Tintineo de la montura al alba.

Nostalgia del viajero por la familia.

Canto de los gallos en la posada

bajo la luna.

Sobre la escarcha,

en el puente de ramaje,

pisadas de viajeros.

Hojas de robles cubren

los senderos del monte.

Flores de naranjos espinosos blanquean

las paredes de la posta.

Anoche regresé

en el sueño a mi tierra,

y vi gansos salvajes

nadando en los estanques.

望江南

梳洗罢，
独倚望江楼。
过尽千帆皆不是，
斜晖脉脉水悠悠。
肠断白苹洲。

SEGÚN LA MELODÍA
CONTEMPLANDO EL SUR DEL RÍO

Se ha lavado y arreglado el peinado.

Sola, contempla el río desde la terraza.

Pasa un barco de vela, otro, otro y otro.

Mas ninguno trae al hombre que tanto ama.

Bajo los oblicuos rayos del sol,

se van alejando lentamente las aguas.

Queda un corazón destrozado

en esta isla de Flores Blancas.

李商隐

LI SHANGYIN (813 – 858)

Nombre social: Yishan. Sobrenombre: Yuxisheng (significa: nacido en el arroyo de Jade). Nacido en Huaizhou, Henei, que hoy es Qinyang, provincia de Henan, en una familia de pequeños funcionarios. A los veinticinco años obtuvo *jinshi* y comenzó a trabajar como funcionario público. Pero implicado en una lucha entre sectores de burócratas, fue perseguido y nunca pudo tener un cargo importante. Pasó su vida muy deprimido y melancólico y murió a los cuarenta y cinco años, dejándonos unos 600 poemas, reunidos en *Antología de la poesía de Li Yishan*. También son altamente valoradas sus prosas.

En sus poemas políticos, fustigó duramente los abusos de los eunucos que controlaban el Corte y criticó la incapacidad y la insensatez de los malos emperadores, muchas veces mediante alusiones históricas. Sin embargo, su gran fama se debe principalmente a sus poemas líricos, unos sobre sus experiencias y sus sentimientos, otros sobre el amor, en un lenguaje bien seleccionado y trabajado y con gran musicalidad. La serie de poemas *Sin título*, cargados de una poderosa fuerza emotiva, han sido altamente valorados y muy elogiados por los críticos de todas las épocas.

登乐游原

向晚意不适，
驱车登古原。
夕阳无限好，
只是近黄昏。

PASEO POR LA PRADERA DEL GOZO[1]

Ocaso. El tedio de mí se apodera.

Dirijo el carro a la antigua pradera.

¡Qué maravilloso es el sol poniente!

¡Qué triste su extinción inminente!

---

1. En un lugar pintoresco al sureste de la ciudad Chang'an.

无题（其一）

来是空言去绝踪，月斜楼上五更钟。
梦为远别啼难唤，书被催成墨未浓。
蜡照半笼金翡翠，麝熏微度绣芙蓉。
刘郎已恨蓬山远，更隔蓬山一万重。

SIN TÍTULO

I

Me dijiste que vendrías,
pero no cumpliste,
y te marchaste sin dejar ni rastro.
Cae sesgada la luz de la luna
sobre el pabellón.
Se aproxima el alba.
En el sueño nos separa
una gran distancia.
Te llamo, pero no me oyes.
Me apresuro a escribirte una carta,
con la tinta aún pálida[1].
Débil luz de la bujía.
En penumbra nuestra manta
bordada del ave de oro.
El aroma del almizcle
penetra en las cortinas
con diseño de lotos.
El joven enamorado Liu lamenta
que esté lejos el Monte Peng
donde viven sus amantes[2].
Pero la morada de mi Diosa,
mil veces más remota.

---

1. La tinta que se usaba en China para escribir se conseguía deshaciendo el bloque de tinta sólida en agua en un pequeño recipiente especial. El texto indica que el poeta se apresura a escribir sin esperar que se diluya la tinta.

2. Liu es un personaje del cuento *You Ming Lu*. Él y su amigo se encontraron con dos jóvenes guapas en la montaña. Una de ellas vivió con él medio año y desapareció: se fue al Monte Peng, morada de los Inmortales o hermosas hadas.

天　涯

春日在天涯，
天涯日又斜。
莺啼如有泪，
为湿最高花。

EN EL HORIZONTE

Día de primavera en el horizonte,

en el horizonte donde el sol se pone.

Llora un oriol en un árbol. Sus lágrimas

serán para regar la flor más alta.

马戴

MA DAI (799 – 869)

Nombre social: Yuchen. Oriundo de Quyang, que es el actual distrito Donghai, provincia de Jiangsu. Obtuvo *jinshi* en 844 y destaca por sus poemas *wulü* (octavas pentasílabas).

落日怅望

孤云与归鸟，千里片时间。
念我何留滞，辞家久未还。
微阳下乔木，远烧入秋山。
临水不敢照，恐惊平昔颜。

CONTEMPLACIÓN TRISTE ANTE EL SOL CREPUSCULAR

Nube solitaria que divaga.

Aves que regresan a sus nidos.

En un abrir y cerrar de ojos

recorren mil leguas de distancia.

Mientras no sé cuánto podré volver

a mi hogar tan añorado.

El tenue sol se va poniendo tras los árboles.

Su débil luz aún incendian montes otoñales.

No me atrevo a mirar en el arroyo:

Me asustaré de mi arrugado rostro.

曹邺

CAO YE (816 – 875)

Originario de Guilin, provincia de Guangxi, obtuvo *jinshi* en 850 y fue alcalde de varios distritos. Se conservan hoy día solo muy pocos poemas suyos, pero de tema variado y de estilo original.

官仓鼠

官仓老鼠大如斗，
见人开仓亦不走。
健儿无粮百姓饥，
谁遣朝朝入君口？

Antología poética
de la dinastía Tang

RATAS DEL GRANERO DEL ESTADO

Son toros las ratas del granero del Estado.

No huyen de la gente que se les acerca.

Mientras mueren de hambre civiles y soldados,

¿quién las mantiene con la tripa tan llena?

[提示] "斗"如直译要加注说明，啰嗦而无味。译文改用toro来比喻，西语读者一看便明。

韦庄

WEI ZHUANG (836 – 910)

Nombre social: Duanji. Originario de Duling, que está al nordeste de la ciudad Xi'an de Shaanxi, fue descendiente de un ex-primer ministro. Tras varios intentos fallidos, obtuvo el título de *jinshi* a los sesenta años e inició su carrera como funcionario. Cuando se derrumbó la dinastía Tang y Wang Jian fundó el reino Shu Anterior, Wei Zhuang fue nombrado primer ministro.

Era muy amigo de Wen Tingyun, y los dos impulsaron el desarrollo de la poesía *ci* y encabezaron la escuela En Medio de las Flores. Wei Zhuang también cultivó *shi*, y destacó por sus *qijue* (cuartetas heptasílabas), muchas de ellas melancólicas y nostálgicas.

台　城

江雨霏霏江草齐，
六朝如梦鸟空啼。
无情最是台城柳，
依旧烟笼十里堤。

TAICHENG

Sobre el río, interminable llovizna.

Lozanas hierbas crecen a la orilla.

Seis imperios, cual sueños, se han esfumado,

y los pájaros lo lamentan en vano.

Los sauces de Taicheng, niebla indiferente,

envuelve el largo dique como siempre.

菩萨蛮

人人尽说江南好，游人只合江南老。
春水碧于天，画船听雨眠。
垆边人似月，皓腕凝双雪。
未老莫还乡，还乡须断肠。

MARAVILLOSO SUR DEL RÍO
— Según la melodía *Pusaman*

Maravilloso es el sur del Río[1],

como dicen todos.

Atrae tanto a los viajeros,

que se quedan y pasan

el resto de su vida.

Las aguas primaverales

son más azules que el cielo.

Tendido en el barco decorado,

escucho la lluvia hasta entrar en el sueño.

Junto a las estufas de las tabernas,

veo a muchachas hermosas como la luna,

con brazos de nácar o de nieve.

Oh viajeros, no volváis a vuestra tierra

hasta no haberos hecho viejos.

Si no, se os partirá el alma de pena.

---

1. Se refiere al río Yangtsé.

荷叶杯

记得那年花下，深夜，初识谢娘时。
水堂西面画帘垂，携手暗相期。
惆怅晓莺残月，相别，从此隔音尘。
如今俱是异乡人，相见更无因。

SEGÚN LA MELODÍA *HEYEBEI*

Aquel año, entre las flores,

avanzada la noche,

por vez primera vi a mi amada.

En el pabellón junto al estanque,

bajo las cortinas dibujadas,

manos unidas, nos prometemos.

Luna agonizante.

Sol naciente.

Triste lamento de una oropéndola.

Desde entonces no hemos vuelto a vernos.

Estamos en distintas tierras,

sin noticias uno del otro.

¿Cómo es posible un nuevo encuentro?

菩萨蛮

红楼别夜堪惆怅，香灯半卷流苏帐。

残月出门时，美人和泪辞。

琵琶金翠羽，弦上黄莺语。

劝我早归家，绿窗人似花。

NOCHE DE DESPEDIDA
— Según la melodía *Pusaman*

Pabellón color rojo.

Triste noche de despedida.

Cortinas de brocado corridas.

Las velas exhalan su perfume.

Agoniza la luna.

Es hora de partir.

Lágrimas en los ojos,

me dice adiós mi amada.

Mi bella toca un laúd,

incrustado de un ave de oro.

Sus acordes me piden

que regrese muy pronto.

Muy lejos ya, diviso

una lozana flor

en la ventana verde:

el rostro de mi amor.

王驾

WANG JIA (851 – ¿?)

Nombre social: Dayong. Oriundo de Yongji, provincia de Shanxi, obtuvo el título de *jinshi* en 890 y empezó a ocupar diversos cargos de importancia. En pleno ascenso de su carrera política, se retiró a vivir en un pueblo apartado.

社　日

鹅湖山下稻粱肥，
豚栅鸡栖半掩扉。
桑柘影斜春社散，
家家扶得醉人归。

DÍA DEL SACRIFICIO DE PRIMAVERA

Abunda arroz y sorgo al pie del monte Lago del Ganso.

Gallineros y porquerizas repletas medio abiertas.

Sombra sesgada de las moreras. Termina la fiesta.

Ebrios, sosteniéndonos unos con otros, regresamos.

金昌绪

JIN CHANGXU (¿Siglo IX?)

De este poeta solo se conoce que fue natural de Yuhang, provincia de Zhejiang.

春 怨

打起黄莺儿，
莫教枝上啼。
啼时惊妾梦，
不得到辽西。

QUEJA PRIMAVERAL

¡Te voy a echar, oriol pesado!

¿Por qué cantaste sin cesar en mi árbol?

Me interrumpiste el sueño y no llegué

a la frontera a ver a mi amado.

花蕊夫人

DAMA HUARUI (¿925? – 965)

Nacida en Qingcheng, al oeste del actual Dujiangyan, provincia de Sichuan. De gran belleza y talento, destacó por sus poemas acerca de la vida de las mujeres en el palacio. El poema que se lee abajo fue compuesto cuando fue capturada por los conquistadores del Reino de Shu Posterior.

述国亡诗

君王城上竖降旗，
妾在深宫那得知？
十四万人齐解甲，
更无一个是男儿！

POEMA DEL PAÍS VENCIDO

En la muralla, el rey, que comanda, ha capitulado.

Pobre de mí, en palacio, ¡cómo lo hubiera imaginado!

¡Se rindieron ciento cuarenta mil, y todos armados!

¿No hubo ni siquiera un solo hombre

que fuera digno de tal nombre?

唐温如

TANG WENRU (¿?)

Nada se sabe de su vida y su único poema se conserva hoy día está recogido en la *Poesía completa de la dinastía Tang*. En los últimos años hay estudiosos que consideran que vivó en a finales de la dinastía Yuan o a principios de Ming.

题龙阳县青草湖¹

西风吹老洞庭波，
一夜湘君白发多。
醉后不知天在水，
满船清梦压星河。

---

1. 这是《全唐诗》收的作者唯一的一首诗。近年有专家认为作者是元末明初诗人。

EL LAGO DE VERDES HIERBAS EN EL DISTRITO LONGYANG

Sopla el viento del poniente,

envejeciendo el lago Dongting

y blanqueando en una sola noche

los cabellos de la bella Diosa del río Xiang[1].

Ebrio, encuentro el cielo estrellado en el agua.

Cargada de puros sueños,

mi barca pesaría demasiado

sobre el Río de las Estrellas.

---

1. Protagonista de un poema de Qu Yuan (340 – 278 a. C.), famoso poeta del Reino de Chu en la época de los Reinos Combatientes.

LISTA DE LOS POEMAS PUBLICADOS EN EL LIBRO GRACIAS A LA GENTILEZA Y LA AUTORIZACIÓN DE LAS EDITORIALES CÁTEDRA Y MIRAGUANO[1]

I. Gentileza de la editorial Cátedra:

Poemas aparecidos en *Poesía china (Siglo XI a.C. – Siglo XX)* de 2013:

Despidiendo a Du, que vuelve a Sichuan (Despidiendo al prefecto Du, destinado a Sichuan)

De regreso a mi pueblo natal

El río primaveral en una noche de luna y flores

Desde lo alto del pabellón Youzhou (Canto en la terraza de Youzhou)

Añorando, bajo la luna, a mi lejana amada (Añorando, al contemplar la luna, a mi lejana amada)

Balada de Liangzgou (Cantar de Liangzhou)

Subiendo la pagoda de la Cigüeña (Subiendo a la pagoda de la Cigüeña)

Canción de las doncellas recolectoras de lotos (Canción de las recolectoras de lotos)

Despidiendo a Xinjian en el pabellón Hibisco (Despidiendo a Xin Jian en el pabellón del Hibisco)

Poema enviado al primer ministro Zhang, desde el lago Dongting

Madrugada primaveral

La montaña de Zhongnan

Escrito al regresar a la montaña Songshan (Escrito al regresar a la montaña Song)

Mi retiro en la montaña Zhongnan (Mi morada en la montaña Zhongnan)

Crepúsculo autumnal en la montaña

---

1. Los títulos entre paréntesis son los que aparecen en el presente libro tras la revisión de los originales.

Inscripción para la cabaña de Li Ning

Primavera al sur de Yangtsé (Primavera al sur del Yangtsé)

Paseo por la montaña (Paseando por la montaña)

Partida matinal de la montaña Shangshan

Canción de Longxi (Cantar del Oeste de Long)

Paseando por la pradera de Gozo (Paseo por la pradera del Gozo)

Sin título (I)

Ratones del granero del Estado (Ratas del granero del Estado)

Pintura de Nanjin (Taicheng)

Queja primaveral

II. Gentileza de la editorial Miraguano:

Poemas aparecidos en *Poesía china elemental* de 2008:

Una noche, en el río Jiande

Poema diverso (Miscelánea II)

El lago Yi

En la montaña

Escrito en una roca, en broma (Dedicado, en broma, a una roca)

Cuarteto (Cuarteta)

Viento de otoño (Canción del viento autumnal)

A Liu Shijiu (Convidando a Liu el Decimonoveno)

Lluvia nocturna

Mirándome en el espejo del lago (Ante el espejo del lago)

El templo del Amor Abandonado (El templo del Amor Perpetuo)

Compasión por los labriegos

El Día de los Muertos

Mirando al sur del río (Según la melodía *Contemplando el sur del río*)

图书在版编目(CIP)数据

西译唐诗选/陈国坚选译.—上海：上海外语教育出版社，2017
(中国文化精品译丛)
ISBN 978-7-5446-4952-0

I.①西… II.①陈… III.①唐诗—诗集—西班牙文
IV.①I222.742

中国版本图书馆CIP数据核字(2017)第118232号

出版发行：上海外语教育出版社
　　　　　（上海外国语大学内）　邮编：200083
电　　话：021-65425300（总机）
电子邮箱：bookinfo@sflep.com.cn
网　　址：http://www.sflep.com.cn　http://www.sflep.com
责任编辑：许一飞

印　　刷：上海华业装璜印刷厂有限公司
开　　本：700×1000　1/16　印张 34　字数 470千字
版　　次：2017 年 10月第 1版　2017 年 10月第 1次印刷
印　　数：1 100 册

书　　号：ISBN 978-7-5446-4952-0 / I·0396
定　　价：88.00 元
　　　本版图书如有印装质量问题，可向本社调换